JUDIT CORNIDESZ KISS

Quer über die Hängebrücke

Die Geschichte des Kieselsteinmädchens

novum pro

© 2021 novum Verlag

ISBN 978-3-99131-029-7
Lektorat: Julia Heiner, Cornelia Rühlig
Umschlagfoto und Innenabbildungen:
Judit Cornidesz Kiss
Umschlaggestaltung, Layout & Satz:
novum Verlag
Übersetzung aus dem Ungarischen:
Klara Strompf

Die von der Autorin zur Verfügung
gestellten Abbildungen wurden in der
bestmöglichen Qualität gedruckt.

Gedruckt in der Europäischen Union
auf umweltfreundlichem, chlor- und
säurefrei gebleichtem Papier.

www.novumverlag.com

Bibliografische Information
der Deutschen Nationalbibliothek:

Die Deutsche Nationalbibliothek
verzeichnet diese Publikation in
der Deutschen Nationalbibliografie.
Detaillierte bibliografische Daten
sind im Internet über
http://www.d-nb.de abrufbar.

Inhaltsverzeichnis

IV. ÜBERSCHRITTENE GRENZEN

Kurz vor der deutschen Okkupation von Budapest wurde ich geboren. Etwa um die Jahrtausendwende hätte ich die Gelegenheit gehabt, meine Heimat in einem anderen Kontinent zu finden. Nach den politischen Schocks während meiner Kindheit hörte sich das zuerst wie eine schöne Entschädigung an … Nach dem spektakulären Feuerwerk in Sydney habe ich aber zu dieser Chance schließlich doch „nein" gesagt. Ich habe mein Leben nach der Wende lieber in Ungarn fortgesetzt – auch wenn es hier gar nicht so leicht war, wirkliche Zufriedenheit und Harmonie zu erreichen. Inzwischen habe ich aber sehr wohl gelernt, dass unsere Lebensqualität viel mehr von unserer eigenen Persönlichkeit abhängt als von den äußeren Umständen. Doch ich will hier in diesem Buch nicht philosophieren, sondern von einer Familie erzählen, die doch recht ungewöhnlich lebte.

Wenn Du Dich schon einmal darüber geärgert hast, dass es in der Schule kein Fach namens *Überlebenskünste* gibt, dann solltest Du dieses Buch lesen. Und dabei zeigt es dir z. B. auch, wie man das Asperger-Syndrom oder ein allgemein überempfindliches Nervensystem unter Kontrolle halten kann. Lese das Buch bis zum Ende, selbst wenn andere Menschen Dich deswegen als Sonderling abstempeln! Manchmal ist es doch ermutigend, wie Nachteile sogar zu Vorteilen werden können. Diese Geschichte ist auch für Leser geschrieben worden, die keine Geduld haben, einen ausführlichen Familienroman zu lesen. Ich habe eher das Gefühl, dass ich in einer Art Dunkelkammer stehe und auf straff gespannte Schnürchen einzelne Bilder klammere –, Bilder, die für mich wichtig sind.

Vorübergehende Lebensphasen

Aus der Klinik am Bakáts-Platz wurde ich in ein Gebäude nach Hause gebracht, das am Anfang meines Lebens, d. h. im Jahre 1943, noch immer eine historische Atmosphäre ausstrahlte. In unserer unmittelbaren Nachbarschaft lebte der Schriftsteller Aladár Schöpflin und seine Familie. Laut der Erzählungen war auch der Dichter Endre Ady als der Taufpate von ihm öfters dort. Mein Vater scherzte 1949 mit großer Freude darüber, dass doch eigentlich unsere Etage (dank Onkel Ali) auch ein Kossuth-Preisträger wurde.

In der Mansardenwohnung und im Atelier malte Rózsa Molnár ihre Bilder, später zog dann noch István Biai Föglein bei ihr ein. Als kleines Mädchen habe ich die beiden öfters besucht. Hier lernte ich zum Beispiel, dass das Streiflicht gar nichts mit der Wohnungsreinigung zu tun hat. Täglich sah ich damals, wie seine Frau frische Blumensträuße aus der benachbarten Markthalle für die Stilleben-Bilder holte. Unser dritter Malerkünstler im Hause war László Bencze, er war modern und gestaltete mein Leben als junge Erwachsene bunt und lebendig, so oft ich in sein Atelier eintreten durfte.

Das Leben in diesem imposanten Haus war nicht ruhig. Es gab unzählige Gästeeinladungen, sie kamen aus dem naheliegenden Károlyi-Palast und aus dem, hinter dem Museumsgarten liegenden eleganten Viertel. Ein illustrer Gast wurde immer nur *„der Kärrner"* genannt, da er öfters so betrunken war, dass er nachts um 3 Uhr mit einem diskreten Transport, d. h. mit der Schubkarre nach Hause gebracht werden musste.

Im Jahre 1944 aber hat sich alles verfinstert, doch die Auswirkungen konnte ich als kleines Kind nur indirekt spüren. Mein Vater hatte meine Geburt bei meiner Mutter für die ersten zwei Jahre nach ihrer Heirat „bestellt". Ich habe dann so gut wie zwei Väter bekommen, da mein Onkel Jenő und seine Frau Kató mit uns zusammenwohnten. Kató war selten zu Hause, sie war Schauspielerin und verschwand oft wegen ihrer Dreharbeiten. In der kriegsbedingten Stimmung kam sie einmal von ihrer letzten Theatervorführung so aufgewühlt und hektisch nach Hause, dass sie sogar noch ihre Theaterschminke, und auch auch die falschen Juwelen aus Pappmaché an hatte. Dédi, meine Urgroßmutter kommentierte dies sofort: *„Ich habe es gar nicht gewusst, dass Jenci's Frau so reich ist!"*

Mein Vater wurde damals zum zivilen Luftschutzoffizier ernannt. Dadurch war er immer gut informiert und konnte vielen Menschen helfen. Er wurde immer nur mit *„lieber Lajos"* angesprochen. Meine Oma arbeitete weiterhin fleißig in der Küche, aber nun ganz anders als früher: Sie träufelte kein edles Öl mehr in die Mayonnaise, sondern schmeckte jetzt nur noch einen einfachen Karottenkuchen ab. In diesen Tagen besorgte Jenő ein großes Brot, obwohl es ja eigentlich unmöglich war an einen solchen Schatz heranzukommen. Meine Mutter Valika hat die Geschichte dazu von ihm so gehört: *„Ich habe einen Russen getroffen. Er hat sein Gewehr auf mich gerichtet und forderte mich auf: „Stoj!". Anstatt stehenzubleiben, antwortete ich ihm freundlich, dass ich „stoje". Ich ging in seine Richtung mit ausgestreckten Händen. Von ihm habe ich – oder besser: haben wir – dieses Brot bekommen."*

Jahre später bekamen wir eine niederschmetternde Nachricht aus Russland. Teréz, die jüngere Schwester meiner Mama ist während des *„malenkij Robots"* gestorben. Sie kam irrtümlich in eine Gruppe, die verschleppt wurde. Aus ihrem Dorf, das hauptsächlich von Ungarndeutschen bewohnt war, waren viele junge Menschen mit deutschähnlichen Namen betroffen. Viele Geschwister von ihr wurden aus der Familie Bámer gnadenlos deportiert. Jancsi konnte schließlich aus dem russischen Bergwerk zurückkehren; zusammen mit ihm kam seine russische Ehefrau, die dort als Lorenschlepperin gearbeitet hatte. Nach diesen Schreckenszeiten war den Beiden nur ein kurzes gemeinsames Leben zu Hause in Ungarn vergönnt.

Ferenc hatte etwas mehr Glück. Ihn konnten wir nach der Kriegsgefangenschaft in Sewastopol in einem etwas besseren Zustand wiedersehen. Angeblich habe ich meine Eltern zu jener Zeit gefragt, was denn eigentlich an den Russen so schlimm sei. *„Das wissen wir auch noch nicht genau,“ antwortete mein Vater sehr knapp. „Wir hoffen aber, dass Dir zukünftig nur die russische Musik und Literatur zuteil wird.“*

Während Kató beim Abendessen ihre Paprikakartoffeln löffelte, teilte sie nebenbei mit, dass sie das Land verlassen werde. Niemand war damals überrascht. Da fallen mir gerade die Pointen ein, die ich über ihre Hochzeitsreise hörte. Im Jahre 1942 nahm Kató zwei Koffer voller Kleider und einen bildhübschen Hut zum Balaton mit. Sie träumte über Segelbootfahren und von Cocktailpartys. Ihr frisch gebackener Ehemann packte den Rucksack und das Angelgerät mit ein. Frühmorgens, an ihrem ersten gemeinsamen Tag, wachte Kató ganz allein auf. Die Begründung war sehr einfach: *„Die Fische haben angebissen, mein Herzchen.“*

Zuerst war es Kató, die ihren Ehering ablegte, damit sie in der Sonne angeblich keinen weißen Streifen auf ihrem Finger bekam. Später folgte Jenő ihrem Beispiel, da der Ring ihn beim Basteln wohl störte. Diese Kurzehe verging damit wie das Leben einer Eintagsfliege. Ihren Lieblingshund Flört *(was „Flirt“ bedeutet)* habe ich damals geerbt. Kató wurde dann von einem Schlepper über die Grenze gebracht. Sie wurde in Wien von einem Apotheker ungarischer Abstammung erwartet – und zwar mit Bananen, die sie später als großes Wunder in einem ihrer Briefe erwähnte. Wir hatten damals noch nicht einmal Orangen in Ungarn. Und als sie dann auf dem Schiff Richtung Australien unterwegs war, schickte sie mir Abziehbilder mit Segelbootfiguren. Dann verschwanden beide aus unserem Blickfeld für eine längere Zeit, aber nicht endgültig.

In den Jahren meiner Schulzeit gab es durchaus auch einige dunkle Phasen: Hausdurchsuchungen bei uns, oder auch Besuchs- und Sprechzeiten im Gefängnis ... Die wirtschaftlichen Gerichtsverfahren der Gebrüder Kiss, das eine vor 1956, das andere kurz danach, sind in meiner Erinnerung dunkle Flecken.

Aber nicht im Leben meiner Eltern! Sie belastete das Schicksal von Lajos und Valika schwer. Wir mussten uns mehrere Jahre ohne meinen Vater und seinen älteren Bruder Jenő im Haus in der Királyi-Pál-Straße durchkämpfen.

Konstellation

Am Abend, bevor ich auf die Welt kam, spielten sie bei uns zu Hause Karten. Erst mit meiner Ankuft wurden wir zu einer vierköpfigen Familie. Dédi, meine Uroma wohnte bei uns. Die meiste Zeit lag sie im Bett, und tagsüber musste immer jemand nach ihr schauen – mal meine elegante Großmutter, mal meine Eltern oder Jenő, manchmal auch Kató, wenn sie gerade ihre Theaterrolle zu Hause einstudierte. Dédi freute sich über den so geduldigen und zartfühlenden Lajos immer am meisten…

Die Wandpendule schlug gerade Mitternacht, als Mama eine runtergefallene Karte aufheben wollte. *„Ist Dein Sodawasser umgekippt, Valika?"* – fragte einer ihrer Rommé-Partner, als er in diesem Augenblick gerade auf dem Teppich ein Wassertümpel erblickte. *„Ach, das wird schon das Fruchtwasser sein"* – sagte meine Mutter lakonisch. Doch dann kam eine ziemlich heftige Reaktion von einem Familienmitglied: *„Aber bitte, Du willst nicht gerade jetzt entbinden, wo ich so gute Karten habe!"*

Das hat ihr aber nicht viel geholfen. Mein gestresster Vater griff schon gleich zu der bereits gepackten Sporttasche und schon ging es zu ihrem Arzt ins Krankenhaus.

Meine Eltern heirateten aus Liebe, aber mit reiflichen Überlegungen. Im Zeitalter der damals trendigen Eheverträge haben sie ohne Anwalt einfach etwas aufgeschrieben, ein paar Zeilen. Die Erwartungen von Lajos habe ich auf dem handgeschriebenen Zettel selbst gelesen: ein kleines Kopfkissen, ein eigenhändig verfertigter, handgeknüpfter Teppich vor dem Bett und ein Kind innerhalb der ersten zwei Jahre. Der Teppich soll *Tappancs* heißen, der Name des Kindes würde sich schon zeigen.

Die Vorbedingungen von Valika kennte ich nicht. Es gab bestimmt nicht zu viel. Ihre Schönheit katapultierte sie aus der ungarischen Tiefebene in die Pester Mittelklasse. In der hauptsächlich von Ungarndeutschen bewohnten Siedlung haben ihr so viele Geschwister Glück gewünscht, dass es fast für eine ganze Bergmannsbrigade genug gewesen wäre. Wenn ich an den Lauf ihrer Familiengeschichte denke, finde ich diesen Vergleich recht treffend, da ja während des *„malenkij Robots"* auch ihr jüngerer Bruder Jancsi in einem russischen Bergwerk arbeitete.

Die Geburtswehen haben dann tatsächlich Glück gebracht: Frühmorgens um fünf Uhr fünfundfünfzig Minuten endeten sie mit dem Geburt eines Mädchen. Der Mond stand noch am Himmel und auch die Sonne konnte man sogar schon sehen. Davon konnte ich mich als 22-jährige junge Frau auf einer astrologischen Darstellung überzeugen, die ich als Geschenk bekam. Laut der Experten wird mein Schicksal durch den Mars überschattet und es gibt viele sogenannte leere Häuser. Es kam zudem noch ein trostreicher Kommentar von dem Verfasser: *die Unvollständigkeit ist unwichtig, wenn die Seele nicht erdgebunden ist.*

Der gewissenhafte geburtshelfende Arzt und meine Patentante mit ihrem schönen Lächeln bildeten damals ein glückliches Paar. Der Erstbenannte blieb später im Krieg verschollen, die Letztere aber hat mich viele Male mit der Liebe der kinderlosen Frauen beschenkt.

Eigentlich hatte man nicht mich, sondern einen Sohn erwartet. Der Name Peter war schon entschieden. Die Wahl war nicht zufällig, da das Wort „Fels" oder auch „Stein" bedeutet. Kann es möglich sein, dass die Erwartungen uns gegenüber schon im

Embryonenalter anfangen? Im Haus um die Ecke der Királyi-Pál-Straße und Bástya-Straße, einige Meter von den Ziegelsteinen der einst schützenden Stadtmauer entfernt, ist damals ein Kieselsteinmädchen eingetroffen.

Salziger Balaton, süße Tränen

Meine Kindheit verbrachte ich in einer Zeit, in der bei uns im Grunde alles auf dem Kopf stand. Ich hatte kein eigenes Zimmer. Die Witwe des Hausbesitzers und Lajos hatten Angst wegen einer eventuellen Zwangsaussiedlung und zauberten aus der Sechs-Zimmer-Mietwohnung drei kleinere Einlieger-wohnungen. Alles in kurzer Zeit und aus lauter Baumaterialen, die man leicht vom Abriss oder aus Haustrümmern besorgen konnte. Für mich gab es einige Lieblingsecken in der Wohnung. Oben an der Flügeltür wurde eine Schaukel aufgehängt, auf der ich hin und her geschaukelt wurde. Später kletterte ich oft auf die dreieckige niedrige Überdachung unseres Kachelofens; er war aus bildschönen grünen Keramiken gebaut und wurde mit echten Holzscheiten gefüttert. Aus dem Wohnungsteil von Onkel Jenő konnte man gut auf die Straße hinuntergucken, weil er einen Balkon hatte.

Anstatt Kindergeburtstage zu feiern, mussten Lajos und Valika mit mir aber ständig ins Krankenhaus gehen. Sie haben sich dabei immer bemüht, ihr lächelndes Gesicht zu bewahren. Nach der Mandel-OP konnten wir im Krankensaal z. B. prima Eis essen, weil Vanille- und Schokokugeln, die zur Verfügung standen, die Wunde perfekt kühlen konnten. Einen unvergesslichen

Anblick habe ich dann in der Augenklinik geboten. Die Diagnose lautete: Verstopfung des Tränenkanals. Nach dem Ärztebesuch durfte ich nicht mehr nach Hause gehen. Das heulende Kind mit dem lilafarbenen Kopf und eine Mama mit dem Madonna-Gesicht mussten ziemlich schnell bis zur Tür eines freien Behandlungsraums durchkommen. In der Verwandtschaft hieß es später nur, dass das Kind süße Tränen weinte.

Reichlich flossen die Tränen, als Valika und Lajos für eine ganze Woche zu zweit an die Adria fahren wollten. Die Spielkameraden haben mich überhaupt nicht interessiert, ich wollte nur die Beiden um mich haben. Kató hat mich inzwischen mit ihrem Spaniel zurückgelassen. Ich tröstete mich mit der Gesellschaft von Jenő, der von Kató ebenfalls zurückgelassen wurde. Ich habe mir einen Zoo aus Pappmaché aufgebaut, daneben lag ein flaches Gefäß, das als See fungieren sollte. Flört, der Hund, benutzte es aber auch als Trinknapf. Als ich schon erwachsen war, habe ich öfters über den Ursprung seines Namens nachgedacht. Da kam mir plötzlich ein Bild von Kató in Erinnerung, wie sie mit Flört auf dem Corso spazieren ging, wie sich die Hundeleine plötzlich mit der Leine eines fremden Hundes verknotete und dessen Herrchen sie laut begrüßte. Solche „Küss' die Hand!"-Bekanntschaften wurden dank Flört immer häufiger.

Meine Eltern haben Abbazia aber damals gar nicht erreicht. Ihre Papiere und Reisepässe wurden schon bei Székesfehérvár kontrolliert und weggenommen. Später bekamen sie alles mit der Begründung zurück, dass eine Person namens Lajos Kiss wegen illegaler Schweineschlachtung gesucht wurde. Dieser Name kommt ja wohl öfters vor … Da kann man das schon verstehen, nicht wahr?

Danach kehrten sie aber nicht nach Budapest zurück. In Siófok stiegen sie aus dem Zug aus, und mein Vater mietete ein Zimmer am Seeufer für drei Tage. In einem Krämerladen namens „Hangya" kaufte er einen großen Sack voll Salz, und wie der Balaton unter ihren Füßen immer tiefer wurde, streute er das Salz vor die Füße seiner Frau, um bei ihr die Illusion eines richtigen Meeres zu erzeugen.

Früher als geplant kamen sie nach Hause und sahen, dass meine Oma mich gerade auf dem Schoß hatte und zu mir sagte: *„Genosse Rákosi ist unser Vater."* Diese beschützende Suggestion hat später leider keine Früchte getragen. Ich habe meine Oma ohne Nachzudenken aufgeklärt, dass ich doch schon zwei Väter habe und die Beiden einfach die Besten für mich sind.

Blutiger Ernst

Ich brauchte als Teenie-Mädchen keine Aufsicht der Erwachsenen, ich schrieb meine Hausaufgaben immer allein. Ich habe die Hefte in meine Schultasche gelegt, und vor dem Schlafengehen wollte ich noch schnell ein Glas Wasser aus der Küche holen. Dabei kam ich nicht aber weit; das Wasser habe ich dann lieber aus dem Badezimmer geholt. Ich habe meine Mutter in der Küche gesehen, die sich sehr konzentriert über den Tisch beugte. Sie hat einen Pyjama-Oberteil geglättet, aber ich sah nirgendwo ein Bügeleisen. Die Farbe des Pyjamas war braun und gehörte Jenő. Papa trug einen ähnlichen blauen aus Flanell. Auf einmal streckte Mama ihre Hand nach hinten. Und jetzt sah ich ein Hühnchen in voller Federpracht, aber mit durchgeschnittener Kehle. Sie hat das Blut des Huhnes sorgfältig auf die Vorderseite des Pyjamas geträufelt und das Ergebnis dann nachdenklich betrachtet. Die Szenerie schien mir absurd. Sie, die in Jenős Zimmer immer beispielhafte Ordnung hielt, ihm täglich sechs frisch gebügelte Taschentücher auf seinen Tisch legte, seine Medikamente immer sorgfältig portionierte und sogar zwei Fieberthermometer benutzte! Und jetzt machte sie den Pyjama mit diesem unappetitlich aussehenden Vieh absichtlich blutig!

Sie blickte hoch und bemerkte mich. *„Geh' bitte schlafen"*, sagte sie, *„wir reden morgen."* Am nächsten Morgen war das Zimmer von Jenő leer und sein Bett unberührt. So ist es zwei Jahre lang geblieben. Er hat sein Bett für eine Pritsche im Gefängnis eingetauscht. Damals war uns noch nicht bewusst, dass dies nur seine erste Pritsche sein würde.

Jenő musste die Zeit seines Freiheitsentzugs ab dem nächsten Morgen in einem Budapester Gefängnis beginnen. Er hatte eine Strafe für illegale Briefmarkenverkäufe, für den Handel mit Silber und für den Besitz von Fremdwährungen bekommen. Und es lief ähnlich mit dem parallelen Gerichtsverfahren von Lajos. Jenő hat mehr auf sich genommen, weil Lajos Familie hatte. Doch, der zuletzt Erwähnte hat das Gleiche getan, weil die Gesundheit des älteren Bruders ziemlich angegriffen war. Damals war der initiale Lungenspitzenkatarrh ziemlich verbreitet.

Unser glatzköpfiger Anwalt hat sich seine nichtexistierenden Haare damals bestimmt einzeln ausgerissen, als sich herausstellte, dass mein Vater das Honorar mit einem großen Betrag für die beiden Brüder bezahlt hatte. In der Empfangsbescheinigung fand man den Betrag viel höher als gewöhnlich. Schon stand die Klage wegen Bestechung bereit...

Für das Intermezzo mit dem Hühnchenblut in der Küche gab es eine besondere Erklärung. Meiner Mutter gelang es ihren, mit einem Pyjama bekleideten Schwager noch vor Mitternacht in das Gefängniskrankenhaus einzuschleusen. Diese Tür öffnete sich auch nach innen schwer, aber das blutverschmierte Oberteil, die späte Stunde und dazu gute Beziehungen haben geholfen.

Jenő erzählte dem Doktor die Wahrheit unter vier Augen. Seitdem er das Schweizer Medikament nahm, hatte er kein Blut mehr auf seinen Taschentüchern. Jetzt wollte er *eine kurze Zeit* in der Nähe des Doktors verbringen. Er hatte das Gefühl, dass er in der anderen Anstalt bald sterben würde, aber man erwartete ihn doch zu Hause! Er hatte eine so liebevolle Familie. Auch so, im kranken Zustand, würde er sich hier gerne nützlich machen und etwas geistige Arbeit leisten; er konnte gut Deutsch und Englisch.

Die Wörter *„eine kurze Zeit"* wurden dabei immer extra betont. Man hat den Antrag abgenickt und am nächsten Tag übersetzte er schon aus den verschiedenen Fachzeitungen, die auf dem Korridor ausgelegt waren. Und kaum hatte man ihn zu den Büchern gelassen, da ordnete er auch schon die private Sammlung des Doktors. Zuerst waren alle verwundert, dass der neue Patient sich auch noch mit Latein auskannte. Doch dann wurde bekannt, dass er studiert hatte, aber sein Studium wegen der Wirtschaftskrise von 1929 abbrechen musste. Wenn das nicht gewesen wäre, dann wäre er Chemiker und Forscher geworden und nicht ein Mensch, der seine Briefmarkensammlung verkauft und dadurch ein Ärgernis im Auge der Behörde wird. Es vergingen Monate, und aus der echten, aber zu Unrecht erlittenen Strafe ist immer weniger und weniger geblieben.

„Womit könnten wir Ihnen eine kleine Freude machen?" fragte man ihn. Er wünschte sich Blumenerde für zwei Töpfe und ein paar Paprikasetzlinge. Die Paprikas wurden reif, aber der paradiesische Zustand nahm langsam dann doch ein Ende. Das war trotzdem eine gute Nachricht, da seine Gesundheit sich inzwischen spektakulär verbessert hatte. Dort war er zu einer regelmäßigen und strengen Lebensführung gezwungen; das tat ihm gut. Inzwischen aber war es unvermeidlich geworden, dass man ihn in den kalten Knast zurückversetzte.

Wenn die Volljährigkeit relativ ist

Die schönste aller Budapester Briefmarkenhandlungen lag im Erdgeschoss eines altehrwürdigen Gebäudes im oberen Abschnitt der Váci Straße. Der Inhaber, ein alter Freund meines Vaters, spazierte von dort zu dem Blumenverkäufer und bestellte bei ihm 16 rosafarbene Nelken mit großen Blüten, auf langen, kräftigen Stängeln. Auf der Begleitkarte war folgendes zu lesen: *„Von Deinem abwesenden Vater zu Deinem 16. Geburtstag.“* Das dritte Wort stand für das Gefängnis. Der Bote hat Trinkgeld von mir bekommen, am dritten Tag habe ich die Stängel zurückgeschnitten, und am vierten Tag habe ich Kalmopyrin ins Blumenwasser geworfen, damit die Blumen länger halten. Das hat auch Oma gut gefallen. Sie war damals unser Familienoberhaupt.

In der sehr verwinkelten, dreigeteilten Wohnung lebten wir nicht allein. Die beiden Söhne der Mühlenbesitzer-Familie Krasznai-Vay, die wir in der ungarischen Tiefebene kennengelernt hatten, wohnten auch noch bei uns. Pista spielte Violine im Orchester des Opernhauses, sein Bruder Jancsi war Musikinspizient im Erkel Theater. Nachmittags hörte man oft Musik bei uns. Schöne Mädchen und junge Künstler besuchten unser Heim, das eine großfamiliäre Atmosphäre ausstrahlte. So haben wir auf jeden Fall der Außenwelt gegenüber getan, und manchmal haben wir es auch selbst geglaubt.

Ich wollte mich mit dem Begriff der großgeschriebenen Illusion auch weiterhin vertraut machen. Jancsi führte mich in die faszinierende Welt hinter der Bühne und ich durfte dort sogar den Schnürboden sehen. Bei einer riesigen Drahtrolle fragte er mich, ob ich raten kann, was das sein soll? *„Ja klar, ein Zaun.“* Er beugte sich nieder, spulte ein paar Zentimeter ab und gleich erschienen winzige Glühbirnen. *„Das ist der Sternenhimmel“* sagte er lachend. Es existiert also ein Ort, an dem sich ein Drahtzaun und ein Sternenhimmel nahe sind.

Jancsi war ein geborener Künstler. Doch keiner von uns ahnte damals, wieviele Ausstellungen er noch haben würde. Dort werde ich von Zeit zu Zeit so erscheinen, als Zeugin der Anfänge seiner Karriere. Als Jancsi in der leeren kleinen Werkstatt von Jenő noch Kupferdrähte hämmerte, mir daraus Modeschmuck fabrizierte und aus Lederstücken Federmäppchen für mich bastelte, da hat niemand von uns an so etwas gedacht. In seinen Händen wurde die Künstlerwelt dann in Form von Münzen und Kleinplastiken lebendig. Später habe ich auch Büsten von ihm gesehen. Heute ist er als Bildhauer angesehen und hochgeschätzt.

Das braune Federmäppchen mit meinem winzigen Monogramm kam in den Schulranzen, als ich mich morgens „in die Lehranstalt" schleppte. So nannte ich das Gymnasium, wo ich mich mit niemandem von meinen Klassenkameraden verbunden fühlte, nur mit meinen Lehrern. Freundeskreise sind entstanden, später auch regelrechte Cliquen. Ich redete immer gerne über interessante Themen, aber immer nur zu zweit, ich mochte keine Kränzchen. Ich ging nicht auf Partys, auch an Schülerstreichen habe ich fast nie teilgenommen; das wurde von mehreren Mitschülern bemerkt. Mir hat niemand gefehlt. Nach dem Unterricht steckte ich meine Uniformmütze, die man von Zeit zu Zeit tragen musste, in die Tasche, und rannte nach Hause, in meine wahre Welt. Ein Jahr nach dem rosafarbigen Blumenstrauß, ab 1960, habe ich schon wie eine Erwachsene gelebt.

Für Jancsi hat sich eine Wohnungsmöglichkeit mit einer potentiellen Ehefrau ergeben. Damit wurde das Wohnabteil von Onkel Jenő wieder frei und ein fremder Untermieter zog ein, der „*Emjott*". Dieser Kosename kam aus seiner Initialen „M.J.". Da er auch Jenő hieß, wollte ich die zweifache Benutzung des gleichen Vornamens vermeiden.

Emjott wohnte mit uns als ein Intellektueller voller Träume. Er lebte von Heimarbeiten und fotografierte und filmte leidenschaftlich. Auf einmal auch mich und dann immer öfter. So kam mit ihm meine erste Liebe direkt zu mir nach Hause.

In seinem Zimmer häuften sich immer mehr Papiere und Zelluloidspulen an. Einmal ging plötzlich bei der Reinigung der

Filmstreifen der Kunststoff in Flammen auf, er verbreitete sich aus und so entstand bei uns ein richtiger Wohnungsbrand. Nach den Löscharbeiten gab es ein stilles Schweigen. In gegenseitigem Einvernehmen musste er nun aber ausziehen. Er hat entschieden, wirklich sehr weit weg zu gehen. Von seinen ersparten Forints kaufte er zweihundert Lottoscheine und besorgte sich Valuten. Ohne Reisepass verließ er das Land, ärmer denn je und traurig.

Nach den Strapazen des Abiturs wurde ich damit konfrontiert, dass mein Klassenlehrer die Empfehlung für die Universität für mich nicht unterschrieb. Er war der einzige, den ich von der ganzen Lehrerschaft nicht mochte, aber ich bin mir sicher, dass er das nicht aus Vergeltung tat. Er war einfach ein Überzeugter... *„Ach,“* meinte er, *„ein distinguiertes Mädchen aus der Innenstadt mit zwei Familienmitgliedern, die im Gefängnis sitzen... Es ist besser, wenn sie in unserem Volksstaat nicht studiert.“*

Das hat er nicht nur mit mir so gemacht, sondern auch mit einigen anderen Schulkameraden, die in einer Familie erzogen wurden, wo beide Elternteile Intellektuelle waren. Sie wurden später Studenten von ausländischen Universitäten.

So hat sich für mich der *Windrosen-Jahrgang* abgeschlossen. Ich lernte zu Hause und verpflichtete mich zu verschiedenen Arbeitsmöglichkeiten. Am Balaton habe ich einem Landvermesser geholfen. Das war fast wie Urlaub, da auch unser Sommerhaus in Balatonakarattya stand. Meine Oma war mit mir zusammen. Sie hat ihre Ohrclips immer aufgesetzt und ihr Spitzenjabot auf ihrem Kleid geglättet, auch wenn wir nur mit dem Hund Gassi gehen wollten. Ja, dies sind die zwei Wörter, die mir einfallen, wenn ich an sie denke: Jabot und Gerbeaud und weniger der schwarze Rosenkranz. In der Staatlichen Münzprägestätte in der Üllői Straße habe ich auch Münzen emailliert. Man hat mich damals gehänselt, dass ich in der Nähe des Feuers und des Geldes bin. Diese winzigen, mit Feueremaille hergestellten Münzen dienten aber nur als Anstecker und wurden z. B. für Anhänger von Fidel Castro geliefert.

Der Umweg vor dem Start meiner Karriere wurde schließlich mit der großen erfreulichen Nachricht abgeschlossen, dass

mein Vater 1961 nun auch zum zweiten Mal aus dem Gefängnis
entlassen wurde. Zusammen mit Jenő waren sie als zwei von
mehreren Angeklagten in ein weitverzweigtes wirtschaftliches
Gerichtsverfahren hineingezogen, allerdings mit dem Unterschied, dass mein Vater ein Jahr weniger Strafe bekommen hatte.

Als er nun wieder in einer Briefmarkenhandlung arbeiten
durfte, habe ich ihm geholfen. Ich übersetzte Kataloge aus zwei
Fremdsprachen auf Ungarisch und lieferte Briefmarkensamm-
lungen für die Besteller. Weniger als ein Jahr später wurde auch
Jenő auf freien Fuß gesetzt. Nun waren wir wieder eine Groß-
familie in der Királyi-Pál-Straße.

Ich habe per Zufall geheiratet

Die Zeit vor diesem Ereignis schien eigentlich völlig irrational,
als wäre all das gar nicht mir passiert.

Kleine wässrige Schneeflocken wehten im Burgbezirk, als an
einem Vormittag im Dezember Taxis und PKWs an der Kirche
auf dem Wiener-Tor-Platz (*Bécsi kapu tér*) im Burgviertel gleichzeitig parken wollten. Die Braut trug der 1962er Mode entsprechend einen weißen, flockigen Mantel mit großen Knöpfen, ein
Minikleid und einen Mini-Schleier, durch den der launenhaf-
te, frische Wind leicht wehte. Das fast noch kindliche Gesicht
wurde durch einen bronzfarbigen Bananen-Haarknoten zu einer Erwachsenen verzaubert. Man hatte keinen keinen pro-
fessionellen Fotograf bestellt, um das Ereignis zu verewigen.
Die Fotos wurden von einem Kameramann abgelichtet, der
im staatlichen Filmstudio arbeitete und als eingeladener Gast

sowieso anwesend war. An der Frauengestalt im weißen Kleid dominierten die dunklen Augen. Sie hatte fast keine Schminke aufgetragen, die wenigen Farben aber waren wasserfest. Weder die Freudentränen noch die Traurigkeit konnten ihre äußere Erscheinung beeinträchtigen, wobei die Traurigkeit gegen vier Uhr nachmittags nötig gewesen wäre. Das junge Brautpaar hatte das Mittagsmahl beendet und war um diese Zeit schon im Schnellzug Richtung Zakopane unterwegs. Von den Geschehnissen zu Hause hatten sie noch keine Ahnung.

Nach ihrer Abreise ging es Ilus, Jenős damalige Ehefrau, plötzlich schlecht und sie legte sich im Nachbarzimmer hin. Die eingeladenen Gäste waren gerade beim Kastanienpüree, das als Dessert serviert wurde. Sie haben aber die Löffel ziemlich schnell hingelegt, als die Ruhe der innenstädtischen Straße von einem mit Blaulicht ankommenden Krankenwagen gestört wurde. Die Ereignisse wurden noch dadurch beschleunigt, dass zu der Verwandtschaft auch ein Arzt gehörte. Der Verdacht auf eine infektiöse Leberentzündung verbreitete sich blitzschnell im Salon. Auf einem hochwertigen Tablett waren Cognacflaschen aufgestellt, neben diesen standen noch hausgemachte Likörspezialitäten. Damit versuchte man den plötzlichen Schreck doch nun wenigstens etwas lindern.

Der ganze Vormittag schien schon weit entfernt. Das glänzende, weiße Kleid mit den samtweich gedruckten Blumenmustern, der fesche Bräutigam, der unter den vielen Philatelisten als Briefmarkenhändler sehr gut in ihre Kreise passte... Die mit ihm verschwundene Braut, die zwei Zeugen: Valikas jüngerer Bruder, der immer lächelnde Józsi, und der Freund des neuen Ehemannes, der Mann mit der großen Brille, Géza. Einige Meter von den Gästen entfernt trockneten die frisch weiß getünchten Wände in dem Raum, der einst „Bedienstetenstube" hieß und in ihrer neuen Funktion das erste Zuhause der Zurückkehrenden sein würde.

Dieses Zeitbild über meine Hochzeit hat sich ins Gedächtnis der vielen Teilnehmer eingeprägt. Wir beide erhielten die schlechte Nachricht auf der Post in Zakopane. Wir hatten ein

Gästezimmer unweit davon in einem Bungalow gemietet und hörten der Musik der Schlittenglocken zu. Der Gedanke, dass ich Ilus nie lebend wiedersehen konnte, erfüllte mich mit Traurigkeit und innerer Beunruhigung. Sie war als eine der Lieferantinnen öfters im Kleidersalon von Klára Rotschild. Während sie die Stecknadeln bei meiner Kleiderprobe anpasste, versicherte sie mir, dass ich in dem noch etwas grauen Budapest gewiss das schönste Brautkleid habe.

Ich habe mir überlegt, ob ich eventuell angesteckt wurde, vielleicht auch mein Mann. Mein Körper fing an, sich so zu benehmen, als hätte er die Verdauung ausgeschaltet. Mein Mann hat angeboten, dass er mir Medikamente besorgt. Er würde sich schon mit der Sprache durchschlagen, da „Carbon" bestimmt auch auf Polnisch so heißt. Er brachte mir tatsächlich Tabletten, die ich eingenommen habe, doch es hat sich bei mir nichts Positives verändert. Letztendlich wurde mir aber die dunkle Farbe verdächtig, bis mir klar wurde, dass ich wohl genau die falschen Tabletten, mit der umgedrehten Wirkung schluckte. Inzwischen wurden die Schneeverwehungen draußen immer höher, im direkten Verhältnis zu unserer Erkältung und zum Husten. Sanyi hat unsere Hausfrau dann um Honig gebeten. Die Kommunikation startete mit einer Schallnachahmung des „Summ-summ", dann bewegte er seine Schulter und seine Finger wie ein Tänzer, der das Fliegen imitiert.

Ziemlich schnell mussten wir zu den inzwischen trocken gewordenen Wänden nach Budapest zurückkehren. Nach vielen Untersuchungen bekamen wir unangenehme Spritzen, nur ihr Name hörte sich schön an, vielleicht wegen ihres Rhythmus: *gamma globulin*. Die Infektion haben wir gut losbekommen, aber damit war auch die Romantik vorbei. Ich war 19 Jahre alt. Der Mann, für den mich das Drehbuch zu Hause und meine eigene Folgsamkeit als Gefährtin vorgesehen hatte, war gerade 36 Jahre alt.

Familiäre Drehbühne

Mein Mann kehrte eines Tages mit strahlendem Gesicht aus dem Fernsehstudio nach Hause zurück und nahm die Bücher heraus, die er bei einem Bildungswettbewerb gewonnen hatte. Nur wenige wussten so viel über das sich in Entwicklung befindliche Afrika wie er den kompletten Briefmarkenbestand dieses Kontinents kannte, egal ob es um eine Publikation des früheren alten oder neuen Landes ging. Ich konnte kaum erwarten, dass er in die Sendung kam, so stolz war ich auf ihn. Ich fand das Wissen über die Briefmarken zwar nützlich, aber die Profession meines Vaters und meines Mannes haben für mich keine berufliche Laufbahn vorgezeichnet, der ich hätte folgen wollen.

Die beiden Männer blätterten stundenlang in Katalogen. Manchmal gelang es Jenő, Sanyi zu einer Schachpartie zu entführen. Bei solchen Gelegenheiten knabberten sie Apfel und Käse, während ich ruhig lernen konnte. Es war wunderbar, ich musste keinen Haushalt führen. Ich brauchte viel Erholung, aber ich wusste eigentlich nicht warum. Das Kochen zum Mittag blieb das Privilegium von Valika, wobei das Abendessen immer programmabhängig war; meistens blieb es bei etwas Kaltem. Wir haben immer etwas unterwegs, auf dem Weg nach Hause, eingekauft.

An einem Sonntagnachmittag schloss sich uns der Direktor des botanischen Gartens (*„Füvészkert"*) an. Als Sanyi seinen Kopf aus unserem kleinen Zimmer heraussteckte, war Onkel Rezső ziemlich überrascht. *„Was machst Du denn hier, mein Junge? Kommst Du zu meinem Freund Lajos um Deine Briefmarkensätze abzuholen?"* Die Antwort überraschte ihn noch mehr als der Anblick. *„Ja, zuerst kam ich nur deswegen, damit ich mit Jutka zusammen sein kann…"* Onkel Rezső lachte und meinte, Sanyi hätte sogar die Lollobrigida im Kino günstiger anschauen können.

Durch unserer Ehe trug ich jetzt einen anderen Namen; so ging meine Anmeldung einwandfrei durch und ich wurde bei der

Fachhochschule für Außenhandel aufgenommen. Ich belegte die Fächer Französisch und Englisch. Mein Mann packte regelmäßig Pausenbrote in meine Tasche, damit ich wenigstens das Gewicht von 50 kg erreiche. In den meisten Fällen bekam ich von ihm ein belegtes Brötchen mit ungarischer Salami. Meine Portion habe ich sofort gegen einen Apfel eingetauscht und meine Klassenkameraden entdeckten schmunzelnd, dass neben dem Brötchen auch noch ein an mich adressierter Brief lag. Mit den Worten „*Also Du bist die „Tücsök" (die Grille) zu Hause?"* – überreichten sie mir die inzwischen etwas fettig gewordene Beilage. „*Ja,*" nickte ich „*so nennt mich mein Mann.*"

Später guckten wir in der Hochschule die Schichten der Pausenbrot-Servietten regelmäßig durch. Manchmal fanden wir Zeitungsausschnitte über „*Grille und Käfer*" oder Witze aus der Zeitung"*Ludas Matyi*".

Ich habe zwar kein Gramm zugenommen, aber es wurde mindestens mehr gelächelt – bis zum Tod der Großmutter. Das war eine ernsthafte Veränderung in unserem gemeinsamen Leben, da Sándor sich mit ihr sehr verbunden fühlte. Sie war die geduldigste von uns allen. Als sie die Familiengeschichte von Sanyi anhörte, verzieh sie mir schnell, dass er seine Ehe mit mir nicht in einer katholischen Kirche geschlossen hatte. Sie konnte nachempfinden, dass ihr „Enkel-Schwiegersohn" aus *Tatralomnitz* der Bergpension seiner Eltern aus seiner Schülerzeit hinterher weinte. Er wurde verbittert und kritisch. Das hat seine Integration in Ungarn nicht leichter gemacht. In seinem Zimmer stapelte er auf den Regalen alte Zeitungen, die bis zur Zimmerdecke reichten. Wenn jemand zum Putzen eine ein paar Tage alte Zeitungsausgabe nahm, stellte er gleich eine Mikroverfilmung oder eine Neuanschaffung als Drohung in Aussicht... Fast alle Bekannten von uns hielten ihn für recht exzentrisch – außer mir, zumindest am Anfang noch.

Oma war es auch, die nach dem Ski-Geschenk von Sanyi meinen Fußknöchel mit Umschlägen versorgte. Mein Mann hatte vergeblich versucht, die Begeisterung für Winterfreuden bei mir zu forcieren: Das alte Tatra-Erlebnis konnte man aber nicht zurückzaubern. Nur eine junge kindliche Ehefrau quälte sich neben ihm mit ihrem schmerzenden Fuß.

Nach Omas Tod zogen wir aus unserem kleinen Raum in ihren Garçon-Wohnungsteil um. Wir lebten alle viel angenehmer unter dem Kádár-Regime. Der Nestbau hat seinen Anfang mit der Aufbewahrung der Erinnerungen genommen. Valika und Sanyi konnten unter dem gemeinsamen Dach nicht besonders gut kooperieren, sie waren zu verschieden. Sie starteten ein merkwürdiges, gemeinsames Gesellschaftsspiel miteinander, das ich *Opponenz* benannte. Meine Mutter putzte z. B. den linken Schuh meines Mannes auf Hochglanz, aber den rechten, dreckigen Schuh stellte sie auf dem Korridor des langen Vorzimmers dicht neben den sauberen hin. Das war ein bisschen auch an mich adressiert.

Eines Nachmittags, kurz vor dem Eintreffen von Valikas Freundinnen zum Canastaspiel, bat sie meinen Mann, ihrer Damengesellschaft kurz „*Hallo*" zu sagen. Es sei für ihn doch höchste Zeit sich vorzustellen. „*Geht in Ordnung,*" lachte Sanyi sie an. „ *Aber Valika, sei bitte vorbereitet, dass die von Dir erwartete Wirkung nicht eintreten wird. Ich werde nämlich die Rückseite meines Jacketts mit Kissen ausstopfen, während ich dabei stottere und mich auf den Spazierstock stütze, der von Jutkas Opa immer noch vorhanden ist. Die Damen werden staunen, was für einen Schwiegersohn Du Dir da angeschafft hast...*"

Das gewünschte offizielle Vorstellungsprogramm ist nach dieser Vorgeschichte selbstverständlich ausgefallen und Sanyi konnte seine *Volksstimme*, die einzige deutschsprachige Zeitung, die man in Ungarn kaufen konnte, im Pyjama ruhig weiterlesen ohne sich dafür auch noch rasieren zu müssen.

Auf dem Spielfeld des *Opponenz* vermehrten sich die kleineren und größeren Würfe. Der denkwürdigste Vorfall hatte mit der Hand meines Mannes zu tun. Um 22 Uhr am Weihnachtsabend hatte er den Christbaumschmuck, den er schon im Sommer eingekauft hatte, immer noch nicht gefunden. Mit dieser Aktion verspätete sich nun natürlich das weihnachtliche Anzünden der Kerzen und vor allem auch das festliche Abendessen.

Valika sagte schließlich: *„Ach, lassen wir es einfach. es ist ja gar nicht so wichtig…"* – *„Nein?"* fragte Sanyi.

Und in diesem Moment ließ er die Porzellanterrine hinunterfliegen, die als Abdampfschale auf unserem eisernen Ofen fungierte. *„Lass'uns von hier wegziehen"* war sein Vorschlag am nächsten Morgen. Ich war nicht überrascht, da die Vorzeichen sich schon alles andere als günstig zeigten. Zuerst habe ich sie nicht ernst genommen. Vieles habe ich einfach in die humorvolle Kiste eingeordnet, wenn es um meinen gut aussehenden Mann ging. Laut Omas Meinung sah er dem berühmten Schauspieler, Pál Jávor ähnlich.

Seine Mutter, die ich „Großschwiegermutter" nannte, fragte einmal, wieviel Geschirr ihr Söhnchen während des ersten Jahres bei uns schon zerbrochen hätte? *„Nur einen Keramik-Aschenbecher"* antwortete ich. *„Im Kunstgewerbeladen hat er nur 18 Forint gekostet. Sanyika hat dafür bezahlt und somit haben wir das Thema wieder vergessen."* – *„Da hast du großes Glück, mein Liebchen,"* kam daraufhin sofort von der Großschwiegermutter zurück. *„Wir haben kein einziges unbeschädigtes Tafelgeschirr mehr bei uns zu Hause. Er ist ein sehr, sehr guter Junge, aber sein Nervensystem ist etwas labil. Du bist die einzige, die ihm gut tut."*

Es mag wohl sein. Aber vier Jahre nach der Eheschließung dachten wir dennoch schon wieder an eine freundliche Scheidung. Die vier Jahre waren nur dem Kalender nach viel, da unser erstes Jahr am 20. Dezember startete und das letzte Jahr schon mit dem 7. Januar endete. Nach sechs Monaten des Getrenntlebens haben wir den Originalzustand einvernehmlich und kurzerhand für uns beide wiederhergestellt.

Einen Anwalt haben wir dazu aber trotzdem gebraucht. Für György Bárándy, ein ungarischer Staranwalt, ein Freund meines Vaters, kam so ein winziger Auftrag nicht in Frage, doch seine Frau hat unseren Fall übernommen. Als wir bereits in der Endrunde waren und schon auf die Gerichtsverhandlung warteten, hat sie uns gewarnt, dass wir da nicht Hand in Hand stehen dürfen, weil der Richter gleich kommt und das würde doch in seinen Augen etwas merkwürdig aussehen. Die Scheidung wurde schnell ausgesprochen. Während dieser Zeit fand im Nachbarraum gerade ein Adoptionsverfahren statt. Sanyi wollte aus unseren 18 Jahre Altersunterschied einen Spaß machen und schlug mir vor, dort gleich auch noch vorbeizuschauen, da er mich gerne adoptieren würde… Er lachte über mein Mantra, dass ich doch schon zwei Väter habe. *„Gut, dann gehen wir lieber einen guten Kaffee trinken."*

Noch fünfzehn Jahre später kam von ihm jedes Jahr im Dezember immer ein Blumentopf mit einem roten Weihnachtsstern in die Wohnung in der Királyi-Pál Straße. Seine Todesnachricht berührte mich tief. Ich sah, dass bei der Beerdigungszeremonie keine Witwe und kein Kind zu sehen war, nur Briefmarkensammler, Händler und bekannte Sonderlinge. Glücklicherweise sah ich dort wenigstens ein liebevolles Gesicht: Es war Géza, unser ehemaliger Trauzeuge. Er hat mich in seine Arme geschlossen, nachdem ich den Gerberastrauß auf den Sarg geworfen hatte. Es war erschütternd zu erkennen, dass ich für ihn vielleicht noch wichtig war, in dem Bild, das nach unserer Scheidung von so vielen Rastern bedeckt blieb.

Nach der Beerdigung brachte mich Géza in die Universitätsmensa. Er unterrichtete dort an der Hochschule. Géza zählte zu den ungarischen Repräsentanten der orientalischen Kultur. Er nahm auch an der Wiederherstellung des Gedenksteins für Sándor Kőrösi Csoma *(ein berühmter ungarischer Forschungsreisender)* teil. Er und Sanyi verbrachten ihre jungen Jahre beide in *Tatralomnitz*. Wir spazierten an dem *Gólyavár*-Gebäude vorbei und kehrten in das Restaurant ein, das voll mit jungen Menschen und mit dem Versprechen von neuen Lebensgefühlen war. Während dieser privaten „Trauerfeier für zwei Personen" nahmen wir Abschied von einem besonderen und mit schweren Schicksalschlägen geplagten Menschen, dessen wohlklingenden Familienname ich noch bis zum heutigen Tage trage.

Von der Fledermaus bis zum tollwütigen Fuchs

Nach unserer Scheidung gönnte ich mir das Gefühl der Einsamkeit nicht allzu lange. Eine neue Welt öffnete sich vor mir mit einem neuen Kandidaten, der als Jurist in seiner Freizeit das Schicksal von vergessenen oder versenkten Skulpturen recherchierte.

Sieben Jahre lang lebten wir das Kulturleben der städtischen Intellektuellen in zwei Wohnungen, der *Skulpturenmann* und ich. Wir haben einander bei einer Hochzeitsgesellschaft kennengelernt. Es wurde damals schon deutlich, dass wir beide Angst vor dem Heiraten und den Anpassungen hatten, die in einer gemeinsamen Wohnung wohl unvermeidlich sind, auch wenn dies ganz natürlich sein soll. Von dem Zeitpunkt an sind wir *„zusammen gegangen"*, wie man das im Budapester Slang sagt. Der *Skulpturenmann* verdankte seinen Kosenamen seinem standhaften Interesse, doch ich nannte ihn nur stillschweigend so. Letztendlich dürfen wir niemanden in Schubladen stecken und uns soll auch niemand etikettieren...

Eines Tages fragte er mich, ob ich mit ihm und einer Flasche Sekt bis 6 Uhr früh wach bleiben würde, weil dann der erste Artikel seines Lebens über zwei Skulpturen erscheinen wird. Schlafen könne er bis dahin sowieso nicht.

„Warum?" dachte ich. *„Freut er sich oder hat er Angst?"* Diese Sache konnte ich erst sehr viel später verstehen, als mir bei einem Lieblingsschreiben etwas Ähnliches passierte. Wahrscheinlich lernen wir am besten doch durch unsere eigene Erfahrung. Ich habe seine Bitte mit *„Ja"* beantwortet, obwohl Silvester feiern niemals mein Ding war. Doch das war nun etwas anderes, etwas ganz anderes. Die Tageszeitung *„Magyar Nemzet"* veröffentlichte die ersten Ergebnisse seiner Forschung über die Skulpturen, die in den Wandnischen des Ostbahnhofs *„Keleti"* zurückgestellt werden.

Meine Balkontür war gegen 1 Uhr in der Nacht offen und so konnte die Fledermaus, die auf dem Dachboden wohnte, in mein beleuchtetes Zimmer hereinfliegen. Damals lebte ich schon in dem früheren Wohnteil meines Onkels Jenő. Die Fledermaus machte ihre Runden um meinen Kronleuchter herum. Es war eine märchenhafte Szenerie. Irgendwie musste ich sie aber loswerden, bevor sie vielleicht einen Lieblingsgegenstand in meiner Wohnung zerschlug. Wir schalteten alle Lichtquellen ab und gingen mit einer Leselampe auf den Balkon, in der Hoffnung, dass sie dem Licht folgen wird. Und genau das hat sie tatsächlich getan.

Bei den späteren Veröffentlichungen des *Skulpturenmannes* reichte uns schon ein Frühprogramm mit etwas Rotwein bei ihm, gekrönt mit aufgetischten, von seiner Mama gefertigten und gelieferten Speisen. Für mich war diese Lebensform ein Segen, nicht zuletzt wegen meiner streikenden physischen Verfassung. Alle zwei Wochen kam eine Putzfrau zum *Skulpturenmann* und wir konnten uns damit beschäftigen, was uns interessierte oder Spaß machte, falls uns unsere Arbeitsplätze nicht gerade überstrapaziert haben. Der *Skulpturenmann* war neben seinen juristischen Tätigkeiten in seiner wenigen Freizeit auch noch Trainer.

Wir haben ein Zukunftsbild besprochen, das uns beiden langfristig entsprechen könnte. Das war aber leichter gesagt als realisiert. Die Fortsetzung hat verhältnismäßig schnell Gestalt angenommen. Wir hatten zwei Karten für die Theateraufführung des Stückes „*Der blaue Fuchs*". Wir haben vorher noch heldenhaft Spaß gemacht – ... aus dem blauen Fuchs würde ein tollwütiger Fuchs ... Da gehen wir nicht mehr zusammen hin, so wäre das vor einem Neustart richtig. Das war's dann, und Vorhang – jetzt.

Ein paar Monate nach unserer Trennung sahen wir uns zufällig auf dem Nachhauseweg bei den Arkaden der Universität, bei der juristischen Fakultät. Bevor der *Skulpturenmann* in das Gebäude einkehrte, fasste er meine Hand und zog mich mit sich. Wir haben nichts gesagt, so als ob dieses stumme Schauspiel gar nicht als Treffen gegolten hätte, obwohl es eigentlich der richtige und endgültige Abschied war. Als er mir auf dem Korridor einen flüchtigen Kuss gab, erblickte ich an der gegenüberliegenden Tür die Aufschrift: *„Ziviler Ungehorsam"*. Und da hat sein Gegenteil angefangen: Das Zeitalter des gegenseitigen zivilen Gehorsams.

Die Wolken versammelten sich über mir. Wolken der Fragen ohne Antworten. Wie könnte ich mich, meinen Typ und meine Seltsamkeiten den Ansprüchen und Bequemlichkeiten eines anderen Menschen anpassen? Woher soll ich die Energie nehmen, um meine Außendienstarbeit und den Haushalt zu erledigen? Wenn es wahr ist, was mein Vater mir mit für den Weg gab, dass nämlich mein Dasein nicht von dem Zufall abhing, dann würde ich vielleicht noch eine Antwort bekommen. Die Frage ist nur, wann und wie. Allein oder mit Hilfe? Letztendlich wählte ich die langsame Forschungsarbeit, auf meine Art und Weise und in meinem Rhythmus. Ab in die Bibliothek und in die *„große Welt"*!

Mehrmals hochgeworfener Stein

Während meiner Reisen fühlte ich mich sowohl zu den Schiffen als auch zur Luftfahrt obsessiv hingezogen. In Ungarn hatte ich erst in den 90er Jahren die Chance bekommen, in einen Zweisitzer-Segelflieger einsteigen zu können. Das ist mir in *Hajdúszoboszló* gelungen. Der Pilot machte einen kurzen Rundflug über das *Hortobágy (östliche Puszta-Region der ungarischen Tiefebene)*. *„Damit ist es gut,"* dachte ich. Meine Flugbegleiterinnen-Träume habe ich nun beerdigt. Vorher dachte ich, dass dies vielleicht eine leichte Methode wäre, um die ganze Welt zu sehen.

In der zweiten Hälfte der 70er Jahren hatte ich meinen Sommerurlaub extra in Istrien gewählt, weil der kleine Ort namens *Vrsar* einen Sportflugplatz hatte. An einem schönen sonnigen Morgen ging ich hin, aber es kamen leider nicht genügend Fluggäste zusammen. Ich habe mich geärgert, dass ich wieder an einem Platz bin, wo sich zu wenige Menschen aufhalten. Und dass ich wieder so etwas brauche, was überhaupt eigentlich nicht wichtig ist. Ja, das waren diese Bestandteile des *„kleinen Unsegens"*, wie ich den Großteil meiner Seltsamkeiten und Hindernisse nannte.

Es war dort auch kein Imbissstand geöffnet. Nirgendwo. Von dem Flugplatzbüro bekam ich später wenigstens etwas heißes Wasser und etwas Instant-Kaffee. Sie waren lieb und nett zu mir und wollten mich trösten. Die Fahrgäste sind sich aber draußen immer noch nicht auf des anderen Füße getreten. Während ich wartete, fiel mir die Drängelei in dem vollgefüllten Zug zwischen Budapest und Balatonakarattya ein. Dort bin ich mit meinem Schuh mit voller Kraft auf den Fuß meiner Freundin getreten, worauf sie sofort zusammenzuckte. *„Du hast mir auf meinen ohnehin schmerzenden Fuß getreten"* klagte sie grinsend. Meine Reaktion war anstatt eines *„Es tut mir leid"* oder *„Ich bitte um Entschuldigung"* ganz anders. Ich sagte: *„Ich habe leider nicht gewusst, dass es Dein schmerzender Fuß war."*

Damit war es meinerseits erledigt. Tja, genau solche Reaktionen muss ich mir noch abgewöhnen bis ich das Erwachsenenalter erreiche.

Die Zeit verging, der Rundflug wurde zwar gestrichen, aber mit dem Versprechen, dass es vielleicht in drei Tagen, am Wochenende, doch gelingt. Er ist aber nicht mal *„vielleicht"* gelungen. Ich saß also wieder auf der Rasenfläche vor dem Gebäude und versuchte zu vermeiden, dass man mir wieder eine Tasse mit dem lokalen Kaffee anbietet. Da kam ein Pilot mit einem Helm in der Hand. *„Ich habe Sie am Mittwoch dort drinnen auch schon gesehen. Was zum Teufel suchen Sie hier?"* – *„Ich glaube, ich bin auf der Suche nach einem Wunder. Ich möchte heute endliche gerne fliegen, da ich heute Abend schon wieder nach Budapest zurückfahren* *muss. Und dann werde ich für ein weiteres Jahr wieder keine Möglichkeit zum Fliegen haben." – „Heute muss ich bis zum bitteren Ende hier bleiben. Ich werde noch einen Übungsflug haben, da könnte ich Sie mitnehmen, aber vorher müssen wir erst noch Ihre Papiere im Büro ändern lassen. Wäre das in Ordnung für Sie?"*

Er hieß Toni. Der Wind heulte dort oben in der Höhe, sodass außer dem Austausch unserer Vornamen kein weiteres Gespräch stattfinden konnte. Als wir über das Nudisten-Camp flogen, steuerte er nach unten. Es war so, wie ein Augenzwinkern: *„Na was haben wir hier für ein freies Land?"* Dann flogen wir wieder höher, unten sahen wir die Wellen der Adria und die grün gezackte Uferpromenade. Normalerweise beschäftige ich mich nicht mit dem Tod, aber dort oben dann schon. Würde ich jetzt in das grün-blaue Wasser fallen oder mit einem heftigen Knall auf den Ufersteinen dort unten aufschlagen, dann wäre das das Ende meiner Familiengeschichte, zumindest die von väterlicherseits.

Schon in meinem Schulkindalter haben sie mir von der Tragödie erzählt, die sie im Jahr 1944 wegen ein Fehlgeburt meiner Mutter durchlebten. Ich hätte einen jüngeren Bruder namens Peter haben können… Im Krieg floss das Blut also nicht nur auf den Schlachtfeldern. Sowohl der ältere Bruder meines Vaters wie auch seine Cousins und Cousinen haben keine Nachkommen. Ich existiere vielleicht nur deswegen, weil Lajos der virulenten Linie von Valikas Familie begegnete.

Wir landeten dann glücklich wieder bei strahlendem Sonnenschein. Ich habe mein Portemonnaie aus meiner Gürteltasche herausgezogen, aber Toni schüttelte nur den Kopf. *„Es war ein Geschenk."* – *„Wofür?"* – *„Für deine Tapferkeit."*

Sie wurde ein Mädchen.
Wir freuen uns trotzdem.

Meine Eltern am
Tag ihrer Hochzeit,
1942

*Kató Bors kam auf die
Familien-Drehbühne.*

*Ein wahres Retro-Hochzeitsmittagessen im Jahre 1962. L.v.r.: Józsi, Jenő,
Judit und Sanyi, Lajos, Ilus, Valika*

Weiße Nacht

Weiße Nacht, schlaflose Nacht. Bei Erwachsenen geschieht es öfters, bei Kindern, glaube ich weniger. Eine Schülerin, die in die Oberstufe der Grundschule kommt, zählt nicht mehr wirklich als Kind. Oft genug habe ich das bei uns gehört: *„Sie ist jetzt schon groß genug"*.

Abends um acht Uhr habe ich immer noch mit meiner Stickerei gekämpft. Ich wollte sie am Muttertag überreichen, hatte dafür aber zum Glück noch einen ganzen Monat lang Zeit. Die Stickerei wurde heimlich angefertigt, nach und nach. Valika kam verspätet, mehr als es für meine Überraschung gut war. Ich habe auf einen Brotkorb aus Porzellan eine Serviette mit Sommerfarben entworfen: mit Kornblumen, Mohnblumen und mit gelben Ähren. Die Letzterwähnten habe ich am Ende weggelassen dank eines Fotos, auf dem ich *Mátyás Rákosi (der von 1949 bis 1956 der Diktator Ungarns war)* am Rande eines Weizenfeldes abgebildet sah. Ich wusste nicht, ob er als junger Pionier oder als Genosse dastand, aber er hatte gerade eine Ähre zwischen seinen Fingern zerbröckelt.

Der Brotkorb wurde mindestens vor 50 Jahren gekauft. Ein Henkel war schon abgebrochen, aber die Aufschrift stand immer noch drauf: *„Nyitra"*. Dort war mein Großvater Kiss zuerst als Finanzwache stationiert. In diesem Sinne war der Brotkorb wertvoll. Es war schon 9 Uhr am Abend, als ich mein halbfertiges Werk weglegte und wir langsam anfingen uns Sorgen zu machen. Wir hatten kein Telefon zu Hause, unser Antrag war abgelehnt worden. Meine Großmutter hat bis Mitternacht drei verschiedene Türklingeln in der Nachbarschaft gedrückt, wo sich Valika theoretisch hätte aufhalten können, aber niemand wusste etwas von ihr. *„Morgen früh gehst Du gleich zur Polizei und machst eine Anzeige"* – teilte sie mir noch im Nachthemd mit. – „*Ich alleine?*“ – „*Ja, sie werden davon gerührt sein und helfen Dir gewiss schneller. Mit dem Bus Nr. 15 kannst Du in die Szalay-Straße fahren.*“ Sie wusste sogar noch die Hausnummer auswendig. Was die Geschichte alles mit einer grauhaarigen Rentnerin tun kann? Andere lösen vielleicht Kreuzworträtsel in diesem Alter.

Ich bekam noch eine weitere Information von ihr. „*Wir waren schon mal zusammen in der Gegend. Kannst Du Dich noch erinnern? Die Straße endet am Parlamentsgebäude.*“ – „*Ja, aber was ist mit der Schule?*“ – „*Ich schreibe Dir eine Entschuldigung. Ich kümmere mich darum.*“

Wir teilten uns ein gemeinsames Zimmer. Sie hatte mir schon früher in *Balatonakarattya* beigebracht, dass ich immer pfeifen soll, wenn sie sehr laut schnarcht. Damit war ich zwar erfolgreich, aber ich musste alle 30 Minuten erneut anfangen zu pfeifen. So habe ich schließlich das kleine Licht angemacht und las einen Roman von Jules Verne. Bald entsprach Omas Schnarch-Rhytmus gerade so der Geschwindigkeit meines Umblätterns. Und am Ende wurde dann mein Pfeifen von dem schrillen Klang des Weckers übernommen.

Ich stand dann kurz vor dem Eingang zum Polizeigebäude. Der Pförtner telefonierte gerade. Die wartenden Menschen ließen mich vor, jemand begleitete mich in das Zimmer des diensthabenden Offiziers. „*Macht das die liebe Mama öfters, dass sie Nacht über verschwindet?*“ war die erste Frage des überraschten Mannes.

Mein Gesicht war heiß. Ich fasste die Ecke seines Schreibtisches mit kalten Händen und mit weißen Fingern an und schüttelte nur meinen Kopf. Er forderte mich auf, mich hinzusetzen und erzählte mir, was ich mir unter dem Wort *Razzia* vorstellen muss. „*Es passiert manchmal, dass jemand sich erst später richtig ausweisen kann. Vor dem Jahrestag der Befreiung werden ab und an Razzien durchgeführt.*“ Er notierte die Angaben und streichelte mein Gesicht. „*Deine Mutter wird heute Nachmittag bestimmt wieder zu Hause sein.*“

Das hörte sich schon wesentlich besser an. Die Oma ist ein Genie.

Der Offizier hatte Recht, Valika kam gegen vier Uhr tatsächlich wieder zu Hause an. *„Versprich mir,"* flehte sie mich an, *„dass Du bei der nächsten Besuchszeit im Knast bei den „Jungs" nicht erzählst, dass ich auch die Pritsche ausprobiert habe."*

Dann verschwand sie in der Küche und wisperte mit der Oma, die so über die komplette Geschichte informiert wurde.

Mama war nämlich in dem Café an der Ecke der Kecskeméti und Bástya Straße gewesen, um dort das öffentliche Telefon zu benutzen. Sie saß an keinem Tisch, sie stand auch nicht an der Theke, sie hat überhaupt nichts verzehrt. Sie hatte ihr Gespräch am öffentlichen Wandtelefon, unweit von dem Eingang, mit dem Anwalt gerade beendet, als man sie nicht mehr hinausgehen ließ. Die Eingangstür wurde abgeschlossen und die Fragen fielen auf ihren Kopf wie ein Platzregen, als sie die Papiere aus ihrer Handtasche zog. *„Wenn Ihr Mann im Knast sitzt und ihre Tochter noch in die Schule geht, wovon leben Sie dann?"* – *„Von der Rente meiner Schwiegermutter."* – *„Hahaha…"* – und damit war das Thema abgeschlossen.

Sie musste draußen in ein Transportfahrzeug für Gefangene einsteigen. Kein einziger Mann saß drinnen, ausschließlich stark geschminkte, auffällige Frauen. Sie haben für meine im grauen Kostüm angezogene Mutter Platz gemacht und eine von ihnen fragte sie herzensgut: *„Was ist mit Dir, Du Arme? Wie kommst Du denn hierher? Hast Du Deine Zimmer stundenweise angeboten?"*

„Ich habe die Zimmer nicht angeboten, sondern nur aufgeräumt und geputzt, aber nur für meine Familie…Wir wohnen nicht weit von hier, ich wollte nur telefonieren." – antwortete Valika.

Mosaik-Effekte

Meine Mutter kämpfte immer instinktiv gegen die Starken oder sie fing an zumindest an ihnen sofort zu widersprechen. Sie unterstützte konsequent die Schwachen und diejenigen, die sich gerade in Schwierigkeiten befanden. Deswegen habe ich angefangen, die Wissenschaft der Empathie von meinen beiden Elternteilen zu erlernen, aber ich konnte ihnen nicht im Entferntesten das Wasser reichen.

Ich war etwa zwanzig Jahre alt, als wir meine ehemalige Brieffreundin aus Schulzeiten, das französische Mädchen Noëlle zu uns einluden; sie studierte damals auf einer Universität in Afrika. Einige Tage nach ihrer Ankunft aßen wir mit der ganzen Familie außer Haus und alle hatten viel Spaß. Beim Kaffee am nächsten Morgen machte mich Valika darauf aufmerksam, dass wir noch etwas zu besprechen hätten. *„Sag Noëlle, wenn sie aufwacht, dass Du heute Nacht Magenschmerzen hattest."* Diesen Ratschlag gab sie mir. *„Aber mir geht es gut!"* – *„Mir auch, aber Deine kleine Freundin ging die ganze Nacht im Badezimmer rein und raus, bis heute früh. Ich glaube, dass sie von dem Geräusch immer noch irritiert ist, den sie uns verursachte."*

Und so haben wir es auch gemacht. Unsere Valika lächelte die ganze Zeit während des Frühstücks. Genauso wie vier Jahre später, als sie Noëlle an der Seite eines ungarischen jungen Mannes im Brautkleid sah, der auch Lajos hieß, was in meinen Augen ein gutes Omen bedeutete. Noëlle blieb also auch nach ihrem Stipendium hier. Sie wurde Mitarbeiterin am Französischen Institut und sie haben drei adoptierte ungarische Kinder großgezogen. Es tut mir gut, mich an die Geschichten zu erinnern, die meine Eltern in meinen jeweiligen Lebensaltern mit mir teilten. Ich war noch im Gitterbett mit einer großen Schleife im Haar, als sich die Taufscheine der Vorfahren auf dem Schreibtisch von Lajos häuften, zurückgehend bis zu meinem *jassischen* Urgroßvater (*aus der historischen Landschaft Jászság in*

Ungarn). Meine Eltern haben sich damals um viele ihrer Freunde Sorgen gemacht.

Meine Mutter bemerkte an einem Nachmittag, dass zwei uniformierte Männer, die aus dem Hof des Hausmeisters kamen, gerade dabei waren, die Bewohner zu kontrollieren. Mama hat nicht lange überlegt, sie nahm die gerade nach Hause kommende Tochter von Herrn Reiszman, dem Hausherrn an die Hand und führte sie in unsere Wohnung. Sie wurde mit dem Rücken an die Tür zum Spülbecken gestellt und meine Mutter gab ihr eine kurze Erklärung dazu. Mama schlüpfte schnell in ein Hauskleid.

Kurz darauf klingelte es bei uns und die gelangweilten Gesichter der beiden Offiziere sahen gleich vergnügt aus, als sie die Hausfrau im langen Negligé erblickten. Sie gingen zu ihr, schauten auf die Kleine, d. h. auf mich im Bett, dann machte einer von ihnen eine Bemerkung, wie fleißig doch die große Tochter sei. In der Zwischenzeit blätterten sie unsere Dokumente durch. Sie waren höflich und sie entschuldigten sich, dass es ja nur um eine Routine-Überprüfung ginge, sie suchten niemand namentlich. Valika überlegte nicht lange, welche Reaktion in solchen Fällen passend wäre. *„Das große Mädchen ist eine Verwandte von mir aus meinem Dorf. Sie hilft mir im Haushalt und schaut sich ein bisschen die Stadt an."* „Wie praktisch!" bemerkte der eine von den Beiden. Und nachdem sie ein Erfrischungsgetränk zu sich genommen hatten, verabschiedeten sie sich mit einem Handkuss.

Die andere Familiengeschichte war härter. Vielleicht haben meine Eltern sie mir deswegen auch erst dann erzählt, als ich schon erwachsen war. Pali, ein Geschäftsfreund meines Vaters kam aus der Tschechoslowakei genau in den Zeiten, als das Tragen des „Gelben Sterns" verordnet wurde. Er musste sich ausweisen und landete dann sofort in einem Vernehmungszimmer, irgendwo in einem Gebäude in den Budaer Bergen. Er wurde von zwei Männern verhört. *„Warum sind Sie nach Budapest gekommen?"* – *„Ich wollte meine Briefmarkensammlung verkaufen."* – *„Wäre das in Kaschau nicht möglich gewesen?"* – *„Hier kenne ich einen Händler, zu dem ich vollstes Vertrauen habe."* – *„Wie heißt er?"* – *„Lajos*

*Kiss. Ich kenne ihn schon seit ewigen Zeiten." – „Kennen Sie auch
seine Familie?" – „Ja."*

Der jüngere Kollege sprach den älteren Offizier mit den Vornamen *„Anti"* an, und wie sich später zeigte, stammte dieser
Antal aus der Stadt *Fegyvernek* – genau wie meine Mutter! Der
Offizier fragte, wie die Ehefrau des erwähnten Händlers heiße. Die Antwort *„Valika"* kam wie eine geheime Parole. Die Offiziere nippten ihr Glas Wasser am Tisch. Sie ließen sich Zeit.
Dann schauten die Beiden aufeinander, und es geschah etwas,
das zum Ort und zur Situation überhaupt nicht passte. *„Was
hat sie für eine Haarfarbe?"* – *„Blond, lockig. Sie ist im Großen und
Ganzen wunderschön."* – *„Schicken wir ihn nach Hause,"* – sagte
daraufhin der ältere Vernehmungsbeamte. Und damit steckte
er den gerade erst angefangenen Polizeibericht in seine Tasche
und verließ das Büro.

Zinnsoldaten und echte Soldaten

Ich möchte mit zwei starken persönlichen Erinnerungen an den
Ungarnaufstand von 1956 erinnern und dabei die angenehme
Wärme des Schutzraumes erwähnen und dass ich mich von dort
kurz herauskommen wagte.

Tibor, der Vater meiner Freundin führte ein Spielwarenge-
schäft. Er brachte einen Karton voller Soldatenfiguren mit einer ganzen Menge von Farben in den Keller hinunter. Wir waren damit gut beschäftigt. Wie unsere Werke immer bunter
wurden, umso mehr wurde auch die Hoffnung größer, dass
es bald wieder die Möglichkeit gibt zu einem richtigen Leben

zurückzukommen, dass man zum Beispiel auch wieder mit Anderen spielen kann.

Meine Mutter hat in einem tschechoslowakischen Kurbad aus den Zeitungen erfahren, was am 23. Oktober in Ungarn passierte. Sie kam über einen umständlichen Weg per Schiff nach Hause, mit der Hilfe von *Frau Lászlóné Rajk (die Ehefrau des früheren Innen- und Außenministers László Rajk, der 1949 in einem Schauprozess verurteilt und hingerichtet wurde)*. Die Reise geschah um die Zeit von Allerheiligen. Die Kerzenlichter spiegelten sich in der Donau vielfach wider. Budapest trauerte um seine unzähligen Toten. Diesen Anblick mussten die auf dem Schiff versammelten Passagiere erst einmal seelisch verarbeiten.

Am 23. Oktober hatte ich Nachmittagsunterricht in der Schule in der Váci Straße. Ich fand an diesem Tag die Stimmung in der Stadt auf dem Nachhauseweg merkwürdig. Ich hatte es nicht eilig. Valika war im Ausland, mein Vater und Jenő sind mit den Eltern von Márti ins Theater gegangen; sie hatten Karten bekommen für ein Theaterstück von *Ferenc Molnár*. Ich blieb also mit der Oma zu Hause, damals hatten wir *Flört*, unseren Hund, schon verloren. Ich spazierte also ohne ihn bis zum Museumsgarten. Die Passanten bewegten sich so wie wenn unser Physiklehrer einen Magnet über das Eisenpulver gehalten hätte. Das Schießpulver war mir noch gar nicht eingefallen.

Die zweite entscheidende Erinnerung habe ich aus der Zeit nach dem Aufenthalt im Keller. Wir kehrten hoffnungsvoll in unsere Wohnung in der dritten Etage zurück. Nach dem historischen Donnerwetter wirkte die plötzliche Stille besonders beruhigend. Mein Vater nahm dann aber meine Hand und signalisierte, dass wir nun rausgehen werden, aber spätestens in zwei Stunden wieder hier sind. Seine Tochter sollte die Geschichte auch mit ihrer eigenen Augen sehen ... Es gab zu Hause deswegen Proteste. Sie sagten, das würde ich nächstes Jahr im Gymnasium doch sowieso alles lernen.

„Das ist etwas anderes" urteilte mein Vater. So haben wir uns über die Bástya-Straße auf den Weg gemacht und überquerten den Kálvin Platz. Die zusammengeschossenen Häuser auf der

Üllői-Straße erinnerten mich zuerst an Theaterkulissen: ein halb abgerissenes Badezimmer mit einem Bademantel, der noch auf einem Kleiderhaken hing und durch den Wind sanft geweht wurde. Da habe ich schon geahnt, dass nicht nur der Bademantel dieses Schicksal erleiden musste... Meine sich langsam entwickelnden Antennen haben bedrohliche Signale aufgenommen und nach dem Anblick der mit Kalk übergossenen Leichen, drehten wir uns um und gingen nach Hause.

Mehrere Freunde von uns verließen nun das Land. Ich habe zwei Söhne von Sándor Szabó, der Schauspieler, durch Kató kennengelernt. Balázs, der mit mir gleichaltrig war, ging alleine ins Ausland. Mein Herz schmerzte, weil er so viele schöne Sachen hinter sich ließ. Ich konnte mich an das Motorboot am Balaton und an ihr Ferienhaus mit dem Türmchen erinnern, das man in *Balatonfűzfő* schon von der Landstraße aus erblicken konnte. Balázs hat sich schließlich in Hawaii ein schönes Leben gegönnt, aber nicht einmal das Rauschen des Meeres konnte Ungarn aus seinem Kopf auslöschen. Davon schreibt er in seinem Buch „*Csengőfrász*" („*Angst vor der Klingel*").

Zwischen all den Nachrichten vom *Radio Freies Europa* versammelte sich meine Familie, um auch über unsere mögliche Flucht zu beraten. Mein Vater war optimistisch, Jenő kannte viele Philatelisten in Amerika. In seinen jungen Jahren kam er sogar mal bis bis nach New York. Sie haben ein Geheimwort verabredet, mit dem sie sich benachrichtigen konnten und das in all dem damaligen Tumult unverwechselbar war: Die stolze Burg von Krasna Horka ... „*Wir werden in einem Briefmarkenladen arbeiten, Valika wird einen kleinen Imbiss mit einfachen Speisenangeboten eröffnen. Jutka wird lernen, dort wird sie bestimmt auch auf der Universität angenommen werden,*" träumte Lajos vor sich hin. – „*Von mir aus können wir es machen,*" sagte meine Mutter. „*Bohnensuppe mit Eisbein, Quarkfleckerln, das fällt mir alles leicht.*"

An dieser Stelle habe ich mich in das Gespräch eingeschaltet und darauf bestanden, dass man aber die Vogelmilch und die Goldnockerln von der Oma nicht weglassen dürfte. „*Ja, aber die Oma darf nicht mitkommen,*" reagierten die beiden Männer wie aus einem Munde. – *„Diese Reise wäre viel zu belastend und gefährlich für sie."*

Es wurde still. Ich habe mir vorgestellt, wie Oma ganz alleine im Armsessel sitzt und die Drehknöpfe des Radios hin- und herdreht. Ihren Bridgepartnern wird sie dann bestimmt rechtfertigend erzählen, in welcher Sicherheit ihre Familie nun ist … Die Entscheidung der Erwachsenen, letztendlich doch zu bleiben, war zwar nicht das Ergebnis meines Protests, aber er trug auch mit dazu bei. Leider oder zum Glück – wer kann das jetzt schon sagen?

Dieser Dialog ist mir öfters eingefallen. Vor allem damals, als bei mir ein Länderwechsel auf der Tagesordnung stand – im Hinblick auf die Arbeitsmöglichkeiten im Ausland, letztlich in Australien. Vieles wurde damals in meinem Kopf wie in einem Film zurückgedreht. Ich sah mich als Zeugin eines historischen Zeitabschnitts. Ich dachte an meine Mutter, dass sie damals in die Strömung der Ereignisse förmlich hineingezogen wurde, als ich noch fast ein Baby war. In der Schule habe ich das berühmte patriotische Gedicht *„Szózat"* gelernt (*deutsch: „Mahnruf", geschrieben von dem ungarischen Dichter Mihály Vörösmarty*). Das habe ich sehr intensiv in mich aufgenommen. Als das ungarische Volksmusikarchiv öffentlich zugänglich wurde, stellte ich überrascht fest, dass auch ein Verwandte von uns aus der Provinz auf ein *„Tárogató"* (*deutsch: „Feldtrompete"*) *Solo* spielt, und zwar: *Die stolze Burg von Krasna Horka …* Das hörten also die zwei Gebrüder damals am Theißufer. Diese Melodie wäre ihr Begleiter über die ungarische Grenze gewesen. Damit hätten sie vielleicht die zweite Inhaftierung nach 1957 vermeiden können.

Ein Krake namens Filatelia-Prozess

Vielleicht kann niemand genau sagen, wer den Startschuss für den Leidensweg der großen ungarischen Briefmarkenfirma gab. Viele Angestellte der Firma *Filatelia* waren betroffen, angefangen beim Direktor bis hin zu den externen Mitarbeitern; es ging um verschiedene Mißbrauchsvorwürfe.

Die ersten Verhaftungen fanden im Herbst 1957 statt. Freigesprochen wurden in diesem Fall nur die Angestellten, bei denen die Entgegennahme von verbotenen Geschenken in die milde Kategorie gehörte. Heute würden wir darüber nur schmunzeln: Kaffee, Tee, Nylonstrümpfe, Seidenschals, Fischkonserve als Gegenstände der Bestechung.

Einige Insider meinten zu wissen, dass die Beseitigung eines leitenden Mitarbeiters und einer anderen Person, die als zukünftiger Postminister gute Chancen gehabt hätte, die Ursache war, die die Lawine in Bewegung gesetzt hatte. Die Brüder Kiss waren mit der Firma nur als externe Mitarbeiter in Kontakt.

In der Anklage zählte Jenő als Angeklagter zwanzigsten Grades im Mittelfeld, meinen Vater hat man gleich nach ihm auf den einundzwanzigsten Platz gesetzt. Bei ihnen wurde das Urteil allerdings verschärft, weil sie vorbestraft waren. Und natürlich, weil sie ihre Geschäfte auch weiterhin mit den Silberwaren abwickelten. Der Verlust des Familiensilbers machte sie trotzig und sie haben sich bemüht, diese durch Neuanschaffungen zu ersetzen. Die Dissidenten und ihre Verwandten wollten solche und ähnliche Gegenstände im Jahre 1956 verkaufen. Einige Exemplare haben die Brüder für sich behalten. Ein paar Stücke wurden zwei Häuser weiter, durch Mártis Familie, verkauft. Die einfacheren Exemplare landeten in einem privaten kleinen Hüttenwerk, das Jenő entdeckt hatte; sie wurden dort eingeschmolzen.

Auf meine öfters gestellten Fragen antworteten mein Vater und sein Bruder, dass gewisse Dinge und Ideen in manchen Ländern Reputation mit sich bringen, aber in einem anderen Land mit Gefängnis „*belohnt*" werden. Ich wohnte also in diesem anderen Land... Das hat mich nachdenklich gemacht. Ich wusste damals schon, was man unter einer „*schwarzen Schlachtung*" *(illegale Schweineschlachtung)* verstand, und dass „*das Dachboden abfegen*" *(die Ernte konfiszieren)* auch nicht gerade eine Reinigung meinte. Ich habe mich aber bemüht, nicht zu viel zu fragen, weil ich sah, dass sie immer erst nach langem Überlegen antworten und dann auch nur kurz. Ich hatte aber zu Hause nie das Gefühl, dass sie über jemanden mit Hass oder voller Ärger reden.

Der Freund meines Vaters, ein Jurist, hat seinen Kaffee öfters in unserer Küche getrunken, wenn er bei uns eine kleine Auszeit machte. Er kam nicht aus seinem Büro. – Er durfte eine Weile überhaupt nicht als Anwalt arbeiten. Am Ende fragte ich meine Mutter, warum ausgerechnet dieser gelehrte Mann in der naheliegenden Markthalle Säcke tragen muss. Die Antwort lautete: „*In unserem Land zählt er nicht zu den Söhnen des Volkes*".

In diesen Zeiten traf ich einen Detektiv. Ich war gerade 14 Jahre alt. Nach der schikanösen und gründlichen Hausdurchsuchung saß er in unserer Küche auf dem gleichen Hocker, auf dem früher auch Dr. György Bárándy saß. Wir haben ihm einen „*Atomic*" angeboten. So nannten wir den Kaffee nach dem Namen der Kaffeemaschine, die sich diesen Namen einmal durch eine kleine Explosion verdient hatte. Der junge Detektiv brachte mit seinen sanften Jagdhundaugen und mit seinen weit offenen Armen zum Ausdruck, dass er hier nur einen höheren Befehl durchführen muss. Er musste leider auch noch in unserem Keller herumschauen. Das gehöre auch zu einer ordentlichen Hausdurchsuchungsserie. Das Wort „Serie" traf mein Ohr sehr. „*Meine Tochter begleitet Sie, wenn Sie 'runtergehen wollen. Sie bringt den Kellerschlüssel auch zurück*" schlug mein Vater locker vor, als wäre für ihn die ganze Geschichte nur eine Formalität. „*Meine Tochter kennt den verwinkelten Raum da unten gut. So können Sie unseren Fall noch während Ihrer Arbeitszeit abschließen.*"

Wir gingen hinunter. An jeder Tür eines Kellerabteils bzw. auf dem Drahtnetz war ein Schloss, immer mit gut lesbaren Namen. Man hätte den Gast also nicht einfach in einen geöffneten, neutralen Raum führen können. Ich setzte mich auf einen aufgeklappten Anglerstuhl und legte meine Füße auf den aussortierten Hocker meiner Großmutter. Tief einatmen, ruhig bleiben und Ausdauer haben. Das war die erste und unbewusste Jogaübung meines Lebens. Ich wusste schon, wenn wir hier unten fertig sind, dann gehe ich nicht gleich zurück in die Wohnung, sondern ich wollte zuerst noch die Eltern von Márti warnen. Wenn es einmal um eine Serie geht, dann ist es besser, dass sie sich auch darauf vorbereiten.

Der Detektiv blieb bei einem hohen Brennholzhaufen stehen. Er fing an ihn abzubauen. Dabei hat er nichts auseinandergeworfen, sondern alles wieder so zurückgelegt wie es vorher war. Er wollte bei einer so netten Familie nichts durcheinanderbringen, sagte er. Hat er das Wort „Silber" absichtlich vermieden? Ich hatte im Keller eine Art Aha-Erlebnis: Mein Vater hatte mich bestimmt mit ihm hinuntergeschickt, weil in der Anwesenheit einer jungen Dame eine gewisse Zurückhaltung zu erwarten war.

Er war zurückhaltend, aber dennoch gründlich. Unter dem Brennholzhaufen lag ein längerer, grauer Gegenstand. Er schaute ihn sich näher an: Es war ein Stück Metall. Woraus hätte sonst noch ein eingeschmolzenes Barrensilber sein können? Ungeeignet als Kleinholz, aber ein ausgezeichneter Beweis.

Mehr als 10 Jahre mussten vergehen bis mein Vater und sein Bruder rehabilitiert wurden.

Das Krankenhaus von innen und darüber hinaus

Nach meinem Studium musste ich nicht lange überlegen, wie ich meine berufliche Laufbahn beginne. Die Fachhochschule für Außenhandel hat für uns alle eine Arbeitsstelle gefunden, so als hätten sie uns zum Sommerpraktikum eingeteilt. Unser Jahrgang war stark. Ich kann mich nicht erinnern, dass von uns jemand sitzengeblieben ist oder als „mangelhaft" eingestuft wurde. Diejenigen, die mit der Note „gut" absolvierten, haben sofort gute und angenehme Arbeitsplätze bekommen, wie zum Beispiel die Firma *Hungarotex (Außenhandelsunternehmen für Textilwaren), Hungarofilm* oder andere Institutionen, die sich mit kulturellen Aufgaben beschäftigten. Meiner Meinung nach, waren das die Studenten, die wirklich großes Glück hatten. Die „sehr guten" Absolventen wurden von der Schwerindustrie und von den als „außerordentlich wichtig" eingestuften Firmen in Budapest erwartet.

Die Außenhandelsfirma *Metalimpex* zählte mit ihren 800 Angestellten als Hochburg unter den Großunternehmen dieser Branche. Ich habe dort als Fremdsprachenkorrespondentin begonnen, später kam ich mit der Einstufung als „Dokumentarin" weiter als die Assistentin eines hochqualifizierten Volkswirtschaftlers. Meine Familie war stolz auf ihre beim Staat beschäftigte Tochter, aber sie sehnten sich auch immer mehr nach einem Enkelkind und in diesem Zusammenhang möglichst auch nach einem zweiten Schwiegersohn. Aber ich habe freiwillig viele Überstunden gemacht, immer wenn ich etwas auch als „dringendes" beurteilte. Dass war aus meiner Sicht eine Art Kompensation für meine vielen Krankheitstage.

Es kam der Herbst und mehrere Entzündungskrankheiten wurden bei mir diagnostiziert. Damit nahm nun mein Marathon im Gesundheitswesen seinen Anfang. Im Krankenhaus, das in der Nähe unserer Wohnung lag, ging es mir noch gut, viele Menschen konnten mich besuchen. Die Sonne strahlte auf mein Krankenbett am Fenster und nach der Operation konnte ich weiterhin dort liegen. Dann forderte ich aber, dass man mich entlassen soll. Die Ursache dafür behielt ich für mich, bis jetzt. Es gab dort nämlich eine Treppe mit einem Holzgeländer, die oben zu einer verschlossenen Tür führte. An der Türschwelle lag ein handgeschriebener Zettel mit großen Buchstaben, den man auch ohne Brille gut lesen konnte. Ein Angestellte bat seine Kollegen darum, dass sie die Leichen immer vom Fuß bis Kopf hinlegen sollten, weil es noch viele von ihnen geben werde. Ich dachte gar nicht daran, mich mit in diese Friedhofsspur einzuordnen. Mein Allgemeinbefinden, das vorher auf dem Weg der Besserung gewesen war, verschlechterte sich nun zusehends.

Zwischen den zwei Operationen betrachtete ich die Allergieabteilung des ORFI Krankenhauses aber nur als kleines Intermezzo. Sie befand sich in Buda, an einem schönen Ort; ich konnte dort sogar in einem Garten spazierengehen. Damals ging meine Mutter einmal sogar an mir vorbei, weil sie mich mit meinem stark geschwollenen Mund und mit den vielen Ausschlägen gar nicht mehr erkannte. In dieser Zeit war auch mein Vater ziemlich angeschlagen. Er hat sogar von unserem Fußbodenlack eine Probe ins Krankenhaus mitgenommen, um bei der Untersuchung zu helfen, die schon fast wie eine Ermittlung war. Ich hatte eine seltene Allergie, mein Körper hat gegen etwas rebelliert. So wurde ich zu einem interessanten Fall und bekam viel Aufmerksamkeit. Ich lernte damals auch Begriffe wie „psychosomatisch" kennen, und ich musste mir Gedanken machen, ob ich mit meiner Arbeit oder überhaupt in meinem Leben am richtigen Platz war. Der letzte Akt unseres kleinen Hausdramas, das wir mit dem Wort „Krankenhaus" zusammenfassen können, spielte sich im Krankenhaus in der Szabolcs-Straße ab; und das Finale wurde wahrlich nicht mit großem Beifall gefeiert. Der gleiche Krankensaal wurde von vielen Patienten geteilt, mein Name war dort „Ötöske" („Fünfchen"). Ich habe sehr viel gelesen, Literaturgeschichte, aber sogar auch die Bibel. *„Ach so, die sieben mageren Jahre. Da befinde ich mich jetzt gerade,"* dachte ich. Da die sieben fetten Jahre mit dem *Skulpturenmann* waren ja nun schon vorbei. Der Professor legte die Abbildungen über die Anomalien der Fortpflanzungsorgane vor mich hin. Sie haben bestimmt schon längst über meinen Fall entschieden. *„Sehen Sie, meine Liebe, so sieht eine Gebärmutter aus, die sich hochgradig nach hinten neigt. Da kommt noch Ihre schöne Magensenkung dazu. Ihr Kreislauf ist katastrophal. Das ist ein strukturelles Problem, Sie können nichts dafür. Das hat sich in Ihren 30 Jahren einfach so herausgebildet. Bisher hat es nur Ihnen Probleme verursacht, aber im Falle einer Schwangerschaft ist das Risiko zu groß. Sie müssen auf ein Baby verzichten und zwar endgültig."*

Er hat mir in einer Art Biologieunterricht Aufklärung über die Wichtigkeit der Verhütungsmethoden und die Gefahren der Endometritis erteilt. Seitdem mag ich die Wörter, die mit *–itis* enden, überhaupt nicht mehr. Meine biologische Uhr tickte förmlich und ich konnte schon beinahe hören, wie sie bald klingelt.

Mein OP-Termin war für den nächsten Tag um 9 Uhr festgelegt. Meiner Familie sagte ich aber, dass es erst um 14 Uhr losgeht. Von meinen Zimmergenossinnen habe ich *„Hármaska"* (*„Dreichen"*) darum gebeten, dass sie die Anfangszeit der OP notiert. Von *„Hatoska"* (*„Sechschen"*) erwartete ich, dass sie die Vorbereitungszimmer im Auge behält, wann ich in den Operationssaal geschoben werde. Sie haben beide ehrliche 2,5 Stunden gemessen. Das war für mich ein Beweis dafür, dass man an mir wirklich ordentlich gearbeitet hat und dass sie nicht gleich nach dem Schnitt schnell noch etwas Nähfaden nahmen. *„Egyeske"*(*„Einschen"*) hatte die angenehmste Aufgabe. Sie hat ab halb zwei auf meine Mutter gewartet und zwar mit einer aus der Zeitung ausgeschnittenen lustigen Zeichnung in der Hand. Diese Art von Kommunikation habe ich noch von Sanyi gelernt!

Damals fand die Ziehung der Lottozahlen immer unter der Woche statt. Auf dem lustigen Bild war ein Professor zu sehen, wie er von seiner Assistentin eine Desinfizierung, das Skalpell und … die Lottozahlen verlangt. Dieses Stück Papier bekam meine Mutter und die Nachricht dazu, dass ich die Operation bereits gut überstanden habe. Zum Humor gehört noch dazu, dass

Valika vorher noch in der großen Parkanlage herumspazierte, weil sie das Wort „*szülészet*" („*Geburtsstation*") an der Pavillonwand als „*szőlészet*"(„*Weinbau*") entzifferte und einfach weiterging. Als ich im Beobachtungszimmer wieder zu mir kam, stand sie schon neben mir, genau wie mein Vater, der an diesem Nachmittag den Briefmarkenladen mit den zwei Beschäftigten hinter sich gelassen hatte.

Die Macht, Nein sagen zu können

Madrid, Retiro Park 1974. Das Sommerkleid, das ich trage, ist modern, der umgehängte Fotoapparat aber durchaus etwas veraltet. Hinter mir höre ich eine ruhige Stimme. „*Soll ich knipsen, damit Sie auch mit auf dem Bild sind? Mit ihrem uralten Gerät ich laufe schon nicht weg, keine Sorge.*" – „*Danke, lieber nicht, ich bin Inkognito hier.*" – „*Das sagen Sie doch nur aus Höflichkeit, weil Sie denken, dass ich Sie belästigen will.*"

Ich verstand seine englischen Wörter sehr gut. Er redete keinen Slang, er war zudem kein Engländer. Am Ende überreichte ich ihm dann aber doch mein *Zorki (Markenname von sowjetischen Kleinkameras, hergestellt bis 1966)*. Als ich danach auf einer Bank ein Sonnenbad nahm, blieb er neben mir sitzen. Er war ruhig, er machte keinen Druck. „*Wenn Sie keine Angst haben mit einer Gestalt die sich tagsüber entspannt und nachts arbeitet, Zeit zu verbringen, dann schlage ich vor, dass wir uns morgen wieder hier treffen. Überlegen Sie, was Sie von Madrid sehen möchten, ich zeige Ihnen alles.*"

Am nächsten Tag gingen wir zusammen spazieren. Es stellte sich heraus, dass er Wissenschaftler bzw. ein Kandidat dafür war, er arbeitete für ein astronomisches Projekt. Seine Aufgabe knüpfte sich eigentlich auch an die Weltraumforschung an. Er kam aus Argentinien, war mittelgroß, in seiner Heimat würde man ihn *Egghead (Eierkopf)* nennen, das heisst etwas Gutes. Mir fällt es heute noch leicht, unsere Gespräche aus der Vergangenheit wieder aufzurufen, weil seine Ansichten mich schon damals nachdenklich machten. *„Sie sagen oft „nein". Das fiel mir nun schon mehrmals auf." – „Das ist mein eigener innerer Kompass." – „Versuchen Sie bitte Ihre bemerkenswerte Vorsichtigkeit im Hinterkopf zu behalten, aber darf ich Sie dennoch vorsichtig fragen: Waren Sie schon einmal im Schloss von Aranjuez?" – „Nein, noch nie ..."*

Sein Auto war voller Staub, im Innenraum war ein Durcheinander und es lagen zahlreiche Ordner herum. *„Erschrecken Sie sich nicht, im Firmenhubschrauber halte ich immer eine viel größere Ordnung."*

Neben seinem Fahrersitz lagen rechts auch zwei Vogelfedern. Hoffentlich würde er nicht dem Beispiel der alten Römer folgen!? Sie befreiten sich damit von unnötigen Kalorien durch Erbrechen, damit sie anschließend das Festmahl weiterhin frisch und munter weiter genießen konnten. Er konnte offensichtlich meine Gedanken lesen, weil er nun genau darauf antwortete. *„Ich kitzele damit meine Augen, damit ich wach bleibe, wenn es sein muss."*

Der Weg Richtung Aranjuez war hügelig, er nannte ihn *Tobogán („Rodelbahn")*. – Ich habe verstanden, er meinte, dies sei ähnlich wie ein Schlitten in Madeira, der von einem Berg hinunter fährt. Man braucht nicht einmal Schnee dazu, nur gute Laune und etwas Touristengeld. Wenn ich mich einmal selbständig mache oder zumindest ein eigenes Portfolio habe, werde ich den Firmennamen *Tobogán* wählen. Damals brauchte ich allerdings noch genau zwanzig Jahre bis zur Verwirklichung. *„Wäre ein steiler Bergaufstieg nicht besser?" – „Der Gedanke ist nicht real, er könnte mit Enttäuschungen verbunden sein."*

In Aranjuez führte er mich durch zahllose, stimmungsvolle Säle, und schützte mich mit seinem Ellbogen vor einer Vielzahl von Touristen. Am dritten Tag haben wir uns wieder in Madrid getroffen, am frühen Nachmittag tranken wir Kaffee auf seiner Terrasse. Er wohnte in einer freundlichen, winzigen Mietwohnung, die Toilette hatte nur im Badezimmer Platz bekommen. Über dem Waschbecken, auf dem Regal lagen zwei Zahnbürsten, die eine sah ziemlich staubtrocken aus. Auf einem weissen Schränkchen lagen bunte Lockenwickler. Also es war ratsam, hier nicht zu lange zu stören. *„Fahr' noch nicht nach Sevilla,"* bat er mich *„und wenn doch, dann bringe ich Dich mit dem Hubschrauber hin, und wir können uns dort noch etwas zusammen umschauen."* – *„Ich habe noch kein Testament geschrieben."* – *„Das ist eine eindeutige Kritik. Ich kann aber gewiss sehr gut navigieren. Zudem haben Menschen um die Dreißig normalerweise noch gar nicht so viel angeschafft, dass sie ihren Nachkommenen etwas hinterlassen könnten."* – *„In meinem Testament wären nur Wünsche. Außerdem kann ich ja sowieso keinen Nachwuchs in die Welt setzen."*

Er hat darauf nicht reagiert, was in meinen Augen mehr als eine Information war. *„Unsere Sehnsüchte schreiben wir in unseren Köpfen auf und wir verwirklichen sie. Also was ist?"*

Er streichelte mein Gesicht und schenkte noch einen Kaffee ein. Ich hatte schon eine gültige Bahnkarte und eine vorbezahlte Unterkunft für Sevilla. Ich war nicht mutig genug um jetzt alles hinzuschmeißen und war darauf gefasst, dass er nun beleidigt sei. Sein analysierendes Gehirn beschäftigte sich aber ruhig weiter mit mir. *„Du hast Angst. Wenn Du so bleibst, wirst Du immer nur mit dem Lauwarmen zufrieden sein. Du sollst Dir dann aber unterwegs noch einen Kompass besorgen."*

Mein Zug startete am frühen Abend. Die Abenddämmerung brachte schöne Erinnerungen in mir zurück. Die Besichtigung des Sternbildes *Großer Wagen,* einen fast runden Vollmond und einen Menschen, den ich ein wenig kennengelernt hatte. Die Räder der Lokomotive ratterten in meinen Ohren: kalt – warm – kalt – bis mich der Traum schließlich in die iberische Nacht entführte.

Der Preis des Sonnenscheins

Meine Tante Kató wohnte in Sydney in einer Straße, deren Name auch das Wort „sonnig" beinhaltete. Sonnig, so wie ihr Leben an der Seite ihres Ehemannes, der ein Apotheker war. Sie konnte aus ihrer Wohnung beobachten wie die ungarischen Dissidenten Anfang 1957 dort ankamen. Unter ihnen war auch der Mann, der meiner Mutter den Hof machte, als sie noch jung war. Damals konnte niemand ahnen, dass Kató ihre Schwägerin Valika deswegen ein Vierteljahrhundert später in Australien wiedersehen werde – und mich ein paar Mal auch.

Als meine Mutter schon zwei Jahre verwitwet war, traf sie den Repräsentant ihrer alten Liebe in Budapest wieder. Károly, der damals schon seine neue australische Staatsbürgerschaft bekommen hatte und so sein altes Vaterland wieder besuchen durfte, hieß inzwischen Charles. Er hatte sich eine Existenz in Nord-Sydney aufgebaut und wohnte in der Nähe von Katós Familie.

Er und meine Mutter besuchten einander dann immer öfter. In der einen Hälfte des Jahres durfte Valika den Sonnenschein in Australien genießen, wenn in Ungarn gerade Winter war. Im ungarischen Sommer konnten wir uns hier für die Gastfreundschaft von Károly revanchieren. Im Leben meiner Mutter gab es zehn solche Jahre. Dann machte das Alter ihren Streifzügen ein Ende. Die langen Reisen zwischen den beiden Ländern wurden ihnen immer lästiger. Am Ende wurde die Entscheidung von einem großen Herrn getroffen, dessen Name „*Beqemlichkeit*" ist. Valika blieb im Jahre 2006 mit einem speziellen Visum in Australien. Ich musste mich nun auf eine neue, aber trotzdem provisorische Lebensführung umstellen. Die Verwandtschaft war überrascht. Viele von ihnen horchten sofort auf, als das Lebensalter der Beiden und die wagemutige Entscheidung – oder vielleicht auch das bequeme Dahintreiben meiner Mutter – ins Gespräch kam.

In ihren ersten gemeinsamen Jahren gab es noch viele heitere Momente zwischen den zwei Kontinenten, wie zum Beispiel dieses unvergessliche Telefongespräch mit Károly. *„Ach, meine Judit, könntest du mal kurz nachschauen, ob meine Taschenuhr noch bei Dir in der oberen Schublade des Nachtkästchens liegt?"* – Das war der Auftakt des Ferngesprächs. *„Ja, sie ist dort."* – *„Gut, aber ich finde auch meine Armbanduhr nicht."* – *„Die hast Du auf dem Couchtisch vergessen."* – *„Ich dachte schon, dass ich sie verloren habe. Da freue ich mich sehr – auch wenn ich hier jetzt keine andere Uhr habe."* – *„Du kannst Dich aber auch noch über etwas anderes freuen."* – *„Und das wäre?"* – *„Dass Deine letzte Stunde noch längst nicht geschlagen hat!"* Er lachte ausgelassen. Károly hatte übrigens große Angst vor dem Tod, aber redete inzwischen immer wieder um den heißen Brei herum. Nachdem er meine Mutter verloren hatte, ist diese Angst bei ihm aber ein für allemal verschwunden. Danach hat er sogar ausgesprochen auf den Moment gewartet.

Als ich erfahren habe, dass er der Halbbruder von *László Cs. Szabó*, der Schriftsteller ist, nannte ich ihn ab sofort einfach *„Csészabó"*. Der Schriftsteller arbeitete längere Zeit *(von Ungarn aus gesehen)* hinter dem *Eisernen Vorhang* in London; er war bei der BBC angestellt. Seine Bibliothek, die aus etwa zehntausend Büchern bestand, vermachte er später der Stadt *Sárospatak*. Auf diese Weise bedankte er sich für seine dortige Schulzeit. Die Bücher standen lange in seiner Londoner Mietwohnung, die aus einem früheren Pferdestall sehr geschmackvoll umgebaut worden war; die Besitzer waren vornehme Menschen. Károly erzählte uns, dass sein Bruder kaum Geld für Möbel ausgab, und daher zum Beispiel auch die Tischplatten einfach auf seine übereinander gestapelten Bücher legte. Einmal brauchte er dringend ein bestimmtes Buch, aber anstatt den Stapel abzubauen, bestellte er das Buch lieber nochmal und ließ es sich per Bote kommen.

Valika lebte mit Károly im nördlichen Teil von Sydney, in einem Viertel, das hauptsächlich von Armeniern bewohnt war. Ich konnte sehr oft bei ihnen im Garten lesen, neben den Werken von seinem Bruder fand ich viele andere gute Bücher bei ihm.

Die Menschen lebten hier recht zurückgezogen. Vor den Häusern standen ein oder mehrere Autos, die Einkäufe hat man in den Shopping Centern erledigt. Als ich in der Gegend spazieren ging, habe ich in der Nähe kein einziges kleines Geschäft zum Einkaufen gesehen. Valika war nie alleine unterwegs. Außer den alteingesessenen Ungarn hat sie dort keine neue Bekanntschaften geknüpft. Ihre Medikamente hat sie nach Farben sortiert, und die Einnahme der Tabletten erfolgte immer nach einem festen Ritual mit der Hilfe von *Csészabó*. Ihr Lebensstil ließ erahnen, dass die Zeit des „*Wir lassen sowieso alles hier*" bald bevorstand.

Australien hat mich mit zahlreichen Erlebnissen beschenkt. Die wiederholten Reisen waren jedesmal anders. Dabei habe ich viele verschiedene Beherbergungsformen zum Übernachten ausprobiert. Ich wohnte bei Kató und bei ihrem Mann im *Castlecrag* Viertel, dann in ihrem Ferienappartement an der Küste des Ozeans, gefolgt von einem Zelt im Ureinwohner Reservat. Als Hotel – und Marketingfachfrau konnte ich gute Erfahrungen in den Hotels machen; es war wie eine fachliche Weiterbildung. Während meiner letzten Besuche durfte ich als Gast auch die altehrwürdigen Leistungen des St. Elisabeth-Heims kennenlernen.

Nach Melbourne kam ich durch die Hotel- und Restaurant-Firma „*Taverna*", die mich auf eine Marktforschungsreise geschickt hatte. Wir standen mit der Quantas Airline im Vertrag. Ich war sehr zufrieden, als ich an Bord Fluggäste sah, die unser Hotel gebucht hatten und die sich nun die Flyer von unseren Restaurants ansahen.

Kató und ihr Mann nahmen mich mit nach Queensland (*das fünfmal so groß ist wie Deutschland*) in die Stadt Gold Coast. Und dort hat die Überredungsserie ihren Anfang genommen: Sobald sie in die „*Parkanlage*" hinausziehen müssen, sollte ich Vormund ihres Sohnes werden, der allerdings Epileptiker und auch ansonsten ein Problemfall war. Als „*Parkanlage*" bezeichneten sie den eleganten Friedhofsgarten, in dem anstatt Grabstätten und Grabsteinen gepflegte Büsche und Bäume Schatten für die kleinen Kupferschilder gaben. Der Name des Verstorbenen wird so verewigt, als wäre er der Name einer Blume, einer weißen Gardenie.

Die australisch-ungarische Lebensform hat langsam angefangen den Preis unseres Hauses aufzufressen. Man musste
öfters Flugtickets kaufen; und sie wurden durch den anwachsenden internationalen Terrorismus immer teuerer. Doch ich
habe das trotzdem lieber auf mich genommen, weil mich die
komplette Integration in das australische Leben nicht wirklich
anziehen konnte.

Eines Tages bin ich in unserer Wohnung in der Királyi-Pál-
Straße telefonisch alarmiert worden, weil *Csészabó* mit dem
Krankenwagen ins Krankenhaus eingeliefert werden musste.
Valika, die kaum etwas Englisch sprach, war jetzt allein. Ich
sollte sofort fliegen, bat mich ein Freund von ihnen, der in der
gleichen Straße wohnte. Es ist erst vor einem Tag passiert, aber
schon jetzt gibt es wirklich viele Probleme. Sogar eine Patrouille musste vorbeikommen. Sie half den eingeklemmten Wasserhahn im Garten abzudrehen und begleitete meine Mutter anschließend um Mitternacht in ihre Wohnung zurück, da sie
draußen immer noch im Schlafhemd herumirrte. Bis zu meiner Ankunft würden einige Freunde Bereitschaftdienst leisten,
aber das war auch nicht so einfach, da sie alle ältere Menschen
waren und ihre eigene Verpflegung ihnen auch schon schwer
fiel. Ich konnte meine Reise nach fünf Tagen in die Wege leiten. Wir mussten uns alle nun auf große Veränderungen einstellen. Ich habe bei der Auflösung ihres Haushalts geholfen in
dem Haus, das sie früher ihrem Nachbarn verkauft hatten und
erst danach von ihm wieder zurückgemietet haben. Wir sind
ins Krankenhaus zu Károly mit dem Taxi gefahren. Neben mir
saß meine Mutter und schluchste während der ganzen Fahrt.
Nein, sie wollte nicht mit nach Ungarn zurückkommen. Ihr Lebensgefährte will seine in Australien erworbenen Rechte nicht
aufgeben. *„Weisst Du, meine Judit"* – erläutete sie mir, *„das Klima und die Ärzte … Das ist wichtig. Ich habe keine Sehnsucht mehr
nach dem Mietshaus in Budapest, Hochparterre, drei Etagen und ein
Armsessel … Ich habe mich von diesen Dingen inzwischen entwöhnt.*

Sei bitte nicht verletzt, aber ich würde lieber hier bleiben. Du könntest ja auch zu uns ziehen." Beide kamen schließlich nach einer gemeinsamen Entscheidung in das St. Elisabeth-Heim, wo ihnen eine entsprechende Unterbringung, Aufsicht, Krankenhaus, Bibliothek und eine Kapelle zur Verfügung standen. Im hauseigenen Museum wurden Erinnerungsstücke von vielen dortigen Einwohnern mit ungarischen Wurzeln aufbewahrt. Auch Valika und Károly konnten ihren Beitrag dazu leisten, nachdem sie ihren Haushalt komplett aufgelöst hatten.

Die Krankheit von Károly war bis zum australischen Herbst wieder vorbei und am Elisabeth-Namenstag im November war ich mit ihnen zusammen im Heim. Die Direktorin und ich haben uns oft unterhalten. Die Persönlichkeit von Magda gab mir ein Gefühl von Sicherheit. Die Direktion veranstaltete eine Tombola. Es wurde ungarisches gefülltes Kraut serviert, das zumindest eine gewisse Ähnlichkeit mit dem heimischen Geschmack hatte. Ich habe die Geschichte und Aktivitäten des Hauses kennengelernt, wann und unter welchen Umständen die Anstalt gegründet wurde und wie sie nun geführt wird. Und wieder war es ein das Schicksal beeinflussender November in unserem Leben...

Valika konnte noch ein Jahr und *Károly Cs. Szabó* konnte noch zwei Jahre im Heim verbringen. Der Tod den Beiden fiel jeweils in den November, genau wie der Tod meines Vaters, der Anfang des Filatelia-Prozesses oder auch die Ankunft der russischen Panzer in Budapest im Jahr 1956. Am besten könnten wir diesen Monat immer überspringen. In meinem Kopf bedeutet er auf englisch: NO-vember.

Asche und Staub über den Wolken

2011 servierte die australische Flugbegleiterin mein Getränk an Bord und wollte dabei wissen, wann mein Rückflug sei. Von meiner Antwort war sie ziemlich überrascht: *„In sechs Tagen"*. – *„So schnell?"* – *„Ja, diesen 25-Stunden Flug werde ich mir nun bald das letzte Mal antun."*

Und kaum war eine Woche vergangen, da saß ich schon wieder im Flieger – nun wieder zurück nach Europa. Der Pilot konnte damals nicht ahnen, dass im Flugzeug noch eine zusätzliche *black box* mitflog: In meiner Handtasche war nämlich die Asche meiner Mutter, begleitet von sämtlichen offiziellen Dokumenten und zahlreichen Stempeln. Genauer gesagt, es war nur die Hälfte ihrer Asche. So fand ich es gegenüber *Csészabó* korrekt.

Er wünschte sich, dass er im St. Elisabeth-Heim bleibt. Dort lebten auch Ehepaare, die verschiedene Versorgungsangebote in Anspruch nahmen. Einige wohnten im Hostel, im Bungalow oder in einer Krankenhaus-Abteilung, je nach ihren Ansprüchen und ihrem körperlichen Zustand. Laut den Vorschriften hätte *Csészabó* einen offiziellen Vormund gebraucht, der in Australien wohnhaft ist. Diese wichtige Aufgabe hat glücklicherweise Gábor, ein evangelischer Pfarrer ungarischer Herkunft aus unserem früheren Bekanntenkreis übernommen. Sein Familienname war zufällig auch Szabó. Sie haben einander so genommen, als wären sie wirklich verwandt.

Auf dem Weg bis zum Flughafen *Ferihegy* in Budapest habe ich die weißen Wolken bewundert und mir dabei vorgestellt, wie die Verwandtschaft meiner Mutter von ihr Abschied nehmen würde. Sie hatten Valika in den letzten Jahren gar nicht mehr sehen können. Monate sollten noch vergehen bis die offizielle Sterbeurkunde mit den Übersetzungen und allen Stempeln durch die Hände von zwei Behörden ging. Erst dann konnte ich die Hälfte der geteilten Asche zur letzten Ruhe neben meinem Vater beerdigen.

Anstatt einer doppelten Beerdigung fiel mir ein weniger erschütterndes Treffen ein. Hätte Valika noch etwas mehr Zeit zum Leben bekommen, dann hätten wir noch ihren 100. Geburtstag feiern können, dessen Organisierung meine Aufgabe gewesen wäre. Ja, das wäre es gewesen. Diese 100-Jahr-Feier hätte ihren Abschied in Ungarn bedeutet, davon war ich fest überzeugt.

Genau so wurde es gemacht. Wir waren 32 Personen in dem separaten Saal eines familiären Restaurants, das höchst stilvoll „*Nostalgie*" hieß. Auf den Ausstellungstisch kamen Fotos der letzten Jahre, einige Dokumente und mehrere Vasen für die Blumen der Gäste. Es war rührend zu sehen, wie die Gäste dort ihre Erinnerungsfotos machten. Man musste kein dunkles Kleid tragen, die Traurigkeit ging viel mehr in der Dankbarkeit auf, dass Valika Teil unseres Lebens gewesen war. Die näheren Verwandten nahmen an der Nachmittagsmesse mit Livemusik teil. Ihre mitgebrachten Blumen habe ich gesammelt und nahm sie am nächsten Morgen mit zum *Farkasréti* Friedhof. Dort wartete auf uns die vergoldete Aufschrift auf dem schwarzen Marmor des Familiengrabes: VALIKA. Einfach so, diplomatisch (weil sie zwei liebende Ehepartner in ihrem Leben hatte), ohne Familienname.

20.000 km von hier entfernt legte der Gärtner des St. Elisabeth-Heims zu einer ähnlichen Aufschrift ebenfalls öfters frische Blumen nieder.

Aus der Perspektive des Anwalts

Im Testament von Károly wurde ich zusammen mit drei anderen Personen mit einem niedrigeren Prozentsatz erwähnt. In der Zwischenzeit starb eine andere Begünstigte, die jüngere Schwester meiner Mutter. Damit ging ihr Erbteil ebenfalls auf unsere Erbengemeinschaft über. Sie hat ihr Leben lang gearbeitet und mit unaufhörlicher und geduldiger Liebe vier Kinder großgezogen. Ein Sohn von ihr war schon während ihrer Beerdigung krank, inzwischen war in ihrem Haus auch eine Dachreparatur und komplette Sanierung durchgeführt.

Ich entschied mich für die Abtretung meines Erbanteils, und machte einen Vorschlag, wie ich ihrer Familie vielleicht am schnellsten helfen könnte. *„Man soll es nicht unnötig kompliziert machen,“ sagte man mir. „Sie bekommen ihren Erbanteil ausbezahlt und geben ihn dann an jemandem weiter, an wen auch immer Sie wollen.“ – „Ich möchte das aber nicht.“ – „Warum? Haben Sie dafür logische Argumente?“*

„Ich habe sogar zwei. Wenn ich das Geld selbst weitergebe, würde es wie ein Geschenk aussehen, das immer auch zu Dankbarkeit verpflichtet. Dies ist vielleicht ein schönes, aber sicher auch ein belastendes Gefühl.“ – „Und das zweite Argument?“ – „Ursprünglich war dieses Erbteil nicht für mich gedacht.“ – „Ja, das ist klar. Aber Sie müssen wissen, ich kenne viele Mandantinnen und Mandanten… Ihre Denkweise weicht weicht doch ziemlich von der der Anderen ab.“ – „Ist das schlimm?“ – „Das möchte ich so nicht sagen. Ich denke eher, dies ist für Sie vielleicht gleichzeitig ein Segen und ein Fluch.“ – „Sie sollen mir nur besser zuhören.“

Ich habe nachgedacht. Meine übliche Andersartigkeit würde den Juristen nur einige kurze Federstriche kosten, aber für mich war es fast schon eine Tagesaufgabe. In diesem Fall konnte ich aber mindestens die Lebensqualität von anderen Menschen damit verbessern.

Dann aber kam es zu noch einer überraschenden Wende. Als
die Überweisung durch die verschiedenen Etappen der Behörde und durch die Labyrinthe der Banken endlich ankam, wurde der Betrag nicht weniger, sondern mehr. Der Erbe Nr. 1, der
als Vormund gewählte Pfarrer, hat seinerseits in meinem Sinne dazu beigetragen, dass er die Erledigung der Formalitäten
in Australien etwas beschleunigen konnte.

Károly Cs. Szabó in Sydney

Das Haus in Balatonakarattya kann sich zu den 100jährigen Gebäuden am Balaton mit einem neuen, sorgsamen Hausherr anschließen.

Ein Blick in den Friedhof in Farkasrét: wir sind alle fünf zusammen

Meilensteine auf dem Weg des Überlebens

Der Tag, als mein Vater, der einstige Universitätsstudent der Fakultät für Agrarwissenschaften die Tür endgültig hinter sich zumachte, war sicherlich ein wichtiger Drehpunkt in unserem Leben. Mein Großvater lebte damals schon nicht mehr und die Waisenunterstützung schwand so langsam dahin.

Durch die Weltwirtschaftskrise 1929 hattte die Familie fast ihr ganzes Vermögen verloren und meine Großmutter wurde nun krank. Doch lachend packte sie ihre bunte Gallensteine in ein Fläschchen auf dem Nachttisch im Krankenhaus. Zum Glück konnte sie ihren Humor und ihre Grundhaltung immer behalten – auch jetzt nicht, als sie wegen der Auszeichnung ihres nun verstorbenen Mannes nicht mehr als *„gnädige Frau"* angesprochen wurde.

Mein Großvater wurde im Jahre 1916 in Wien mit dem Franz-Joseph-Orden ausgezeichnet. Das Begleitdokument war in einem rollenförmigen Behälter jahrzehntelang in der Királyi-Pál-Straße aufbewahrt, heute noch hängt es an der Wand unseres Wohnzimmers. Er selbst durfte die Anerkennung, die dieses Dokument ihm zusätzlich gewährte, leider nur bis zu seinem 56. Lebensjahr genießen. Die Weltwirtschaftskrise 1929 kostete ihm im darauffolgenden Jahr das Leben. Wie viele seiner Pläne konnte er nicht mehr verwirklichen! Er bemühte sich, sich aus dem Ministerium schnell zurückzuziehen, damit er anstatt seiner zahlreichen gesellschaftlichen Verpflichtungen lieber für seine Hobbies leben kann. Er hinterließ dies zentral gelegene Budaer Wohnung und suchte ein Herrenhaus am Theiß-Ufer für sich und seine Familie. Hätte er die Zukunft im Voraus ahnen können, hätte er vermutlich sein landwirtschaftliches Unternehmen gar nicht mehr gegründet.

Er hat einen Landpachtvertrag abgeschlossen. Er plante ein Kühlhaus und wollte Bio-Gemüse und gewinnbringenden Tabak auf den Markt bringen. Die Baugrundverbesserung, das Spritzen und die Konservierung hat er seinem Sohn Jenő überlassen. Lajos experimentierte mit der Pflanzenzucht hauptsächlich aufgrund seiner eigenen Erfahrungen. Zusätzlich beschäftigte er sich mit der Administration und den Finanzen. Mein Großvater ermutigte seine Söhne dazu, dass sie gleichzeitig arbeiteten und sich weiterbildeten. Genauso wie er das machte, als er noch jung war. Sein Abschiedsbrief, in dem er einige Belehrungen ausführte, war die letzte Hilfestellung, welchen beruflichen Lebensweg seine zwei Söhne später einschlagen sollten.

Die zwei Brüder Kiss gaben einander die Hände und hielten sie ein ganzes Leben lang fest. Sie haben gelesen und gelernt. Sie verkauften verschiedene eigene und Familiensammlungen, übernahmen Gelegenheitsarbeiten und schauten sich zusätzlich im Ausland um.

Vielleicht kam die Idee durch die Novelle *Der Schmuck* von Maupassant, wie sie die Illusionen ihrer Mutter behalten könnten und nach wie vor köstliche Häppchen auf den Tisch kämen. Die echte Perlenkette zu ersetzen war die Lösung, aber davon wussten damals nur die Beiden. Meine Großmutter trug eine Fälschung um den Hals bis zu ihrem Tod ohne es je gewusst zu haben. Zu Hause bei uns herrschte Frieden und Harmonie. Großmutter durfte nur stark geschönt erfahren, wie Jenő mit seiner Krankheit kämpfte.

Das Gut, das später von den beiden Brüdern Kiss allein weitergeführt wurde, musste 1938 endgültig aufgegeben werden. Die ärztliche Behandlung von Jenő nahm in Budapest seinen Anfang. Sie lebten alle drei zurückgezogen. Jetzt nicht mehr auf der eleganten Budaer, sondern auf der lebhafteren Pester Seite. In der Innenstadt mieteten sie eine Wohnung, die für mehrere Generationen geeignet war. Mein Vater hat sie wirklich sorgfältig ausgewählt.

„Es wird Krieg geben, und bis dahin wird es nicht mal mehr zehn Jahre dauern," prognostizierte er. *„Wir ziehen deshalb auf keinen*

Fall in die Nähe eines Brückenkopfes oder eines Bahnhofs; die werden nämlich als erstes bombardiert." Die von ihm ausgesuchte Straße war in Höhe des *Egyetem tér (Universitätsplatz)* stark eingeengt, dort konnten keine Panzer durchfahren. Und so wurde also das Mietshaus von Herr Reiszman in der Királyi-Pál-Straße Nr. 9 ausgewählt. Das Gebäude war zudem sehr imposant.

Das Haus trägt zudem eine Gedenktafel, die der damalige Hauseigentümer zu Ehren von *Ferenc Puskás* anbringen ließ. Als Kind dachte ich, dass *Ferenc* derjenige war, der die erste Budapester Telefonzentrale erträumte und verwirklichte, und nicht sein berühmter älterer Bruder *Tivadar*. Ferenc war der Direktor dieser zweiten Zentrale und die rechte Hand von Tivadar. Das gab unserem Haus natürlich eine besondere Würde.

Doch die körperliche Arbeit wurde für Jenő immer schwerer. So kamen sie auf die Idee, dass sie ihr tägliches Brot vielleicht besser mit Hilfe ihrer guten philatelistischen Kenntnisse verdienen könnten, die sie ja bisher nur als Hobby ausgeübt hatten. Sie mieteten einen Geschäftsraum in der Andrássy Straße, die damals zum vierten Bezirk gehörte. Sie wurden tatsächlich erfolgreich und dank ihres guten Rufes konnten sie viele Kunden und Freunde finden.

Hätte der Zweite Weltkrieg Ungarn nicht erreicht, dann hätte vielleicht auch meine Großmutter mit einer neuen – echten! – Perlenkette die Wahrheit erfahren, vor der man sie zu bisher zu verschonen versuchte. Anstatt dieser Tagträume folgte aber nun ein weiterer Meilenstein in den 50er Jahren. Ähnlich dem Grundsatz *„Cogito ergo sum"* („Ich denke, also bin ich") versuchten sie die berüchtigte Rákosi-Ära mit dem etwas modifizierten Motto *„Wir jonglieren, also sind wir"* durchzustehen.

Schatten

Vier Freundinnen von Mama kamen regelmäßig zu uns, um Karten zu spielen. Unter ihnen war eine verwöhnte Ehefrau und eine allein lebende Dame, die Hundebesitzerin war. *Buci, Hödzi, Cica –*, an die vierte Frau kann ich mich namentlich nicht mehr erinnern, aber sie war eine rundliche, füllige Frau. Sie trafen sich zwei Jahrzehnte lang jede Woche abwechselnd in einer anderen Wohnung. Sie haben immer zu viert gespielt. Eine von ihnen war immer die Gastgeberin; sie schnitt dann die trockene Brotrinden sorgfältig ab und tischte sie die weiche Brotstücke als Häppchen auf einem Teller appetitlich auf. Das zartknusprige Butterfeingebäck, das *Mignon* hieß, verschwand schnell vom Teller; und dazu bevorzugten die Damen stets einige Gläschen Likör.

Der Ehemann von Buci war praktizierender Arzt in Rákosfalva (*XVI. Bezirk von Budapest*). Zwischen ihm und meinem Vater fand ein interessantes und längeres Gespräch statt, das ich teilweise mithören und den Rest logisch ganz einfach ergänzen konnte.

„Es geht um Deine Tochter im Schulalter, Lajos. Kommt sie Dir nicht etwas merkwürdig vor?" fing der Bucidoktor an. – *„Wieso? Sie ist eine ausgezeichnete Schülerin, ihr Gedächtnis ist prima und sie leistet mir perfekte Gesellschaft. Ich würde sie heute nicht mehr für zwei Söhne eintauschen."* – *„Ich finde sie zu dünn und sie scheint mir doch sehr zurückgezogen zu sein."* – *„Na und? Sie wird später ein schönes, großes Mädchen sein, in erster Linie wegen ihrer Mutter, natürlich. Sie wird niemals ein Dickerchen sein, das ist wohl wahr."* – *„Lajos, ich rede nicht über ihre äußere Erscheinung! Ihr Nervensystem funktioniert irgendwie seltsam. Sie schaut mir nicht in die Augen und gibt mir nur ausweichende Antworten, wenn ich sie frage."* – *„Vielleicht ist sie an dem einen oder anderen Thema einfach nicht interessiert. Meine Tochter ist ziemlich wählerisch. Sie hatte gerade eine Augen-OP. Es ist noch etwas zurückgeblieben, das man nochmals unter die Lupe nehmen muss. Wir wollten sie aber nicht mit einem zweiten Eingriff quälen. Laut der Meinung des Augenarztes wird sich ihr leichtes Schielen schon durch eine Linsenkorrektur verbessern lassen."*

(Ich habe seitdem die Größe von 163 cm erreicht, aber diese ursprüngliche Prophezeiung hat sich nicht bewährt. Der Schönheitsfehler wurde höflich umbenannt, und danach war es einfach „Sexappeal".) Mein Vater hat dem Bucidoktor versprochen, dass er mit mir reden wird, damit ich bei Anderen nicht mehr Eindruck hinterlasse, ich würde sie nur wie Luft behandeln.

Damals haben sich die Menschen in Budapest wegen solcher Dinge wie die breite Skala der Ungleichartigkeit im Nervensystem nicht verrückt gemacht. Unter den Gesellschaftsthemen kamen nur Krankheitsnamen auf wie Depression, Hysterie, oder Schizophrenie vor. Der Name von Dr. Hans Asperger ist damals noch gar nicht aufgekommen. Als ich seine sehr zum Nachdenken inspirierenden Beobachtungen kennenlernte, die er zudem noch zu einem Syndrom zusammenfasste, war ich schon längst erwachsen.

Später erzählte mein Vater dem Bucidoktor diese freudenvolle Neuigkeit: *„Wir besuchten die Sprechstunde in unserem Bezirk. Es gab Probleme, aber am Ende wurde dann doch festgestellt, dass das Mädchen im Grunde genommen gesund ist, nur vegetativ etwas labil."*

Dieses Wort stand auf dem Befund sogar noch paar Jahrzehnte später ohne besonders detaillierte Angaben. Bei mir bedeutete es eine recht starke Überempfindlichkeit. Eindrücke oder auch intensive Gerüche, schrille Töne, Luftdruckänderungen oder auch ein plötzlicher Temperaturunterschied haben mich immer sofort mitgenommen. Ich konnte mich schwer anpassen. Meine Eltern haben sich daher Sorgen gemacht, dass ihrem einsamen Kind ein kurzes und vielleicht problemvolles Leben zugeteilt werden wird.

Glockenturm in unserem Garten

„Genosse János, Jani, Jancsi …" so wurde der Ratspräsident um 1953 von den Einheimischen und den Urlaubern angesprochen. Er bekam aus der Hauptstadt eine Liste, die sich auf die dort lebenden fremden Personen bezog. Neben seiner täglichen Arbeit hat er sich darum aber nicht viel gekümmert. Er kannte alle Dorfbewohner aus Frau Hartman's Kneipe, die unmittelbar an der Landstraße stand. Von dort führte ein Fußpfad zum Ufer des Balatons und zum *Honvéd* Erholungsheim. In der Kneipe war immer viel los. Die Gäste waren Lkw-Fahrer und Strandbesucher, die dort ihren Durst gerne löschten. Obwohl die Versorgung schlecht war, konnte Frau Hartman dennoch immer erstaunlich viel Mangelware für ihre Küche besor-

gen. Die Fleischgerichte servierte sie gerne auf ihren karierten Tischdecken. Mal war es eine Portion Wiener Schnitzel, mal ein Teller Kuttelgulasch.

Der Ratspräsident war nicht überrascht, als mein Vater und mein Onkel ihn in seinem Büro besuchten. Er war schon ein paar Mal mit den Kiss-Brüdern angeln gewesen, bis ihr Anglersteg eines Tages von einem Gewitter mitgerissen wurde. Er wusste, das die Beiden das Haus 1948 zusammen mit der Großmutter gekauft hatten. Sie brauchten damals einen Ort für Jenős Genesung. Das auf dem Hügel stehende Gebäude mit seinen doppelten Fenstern hat ihnen später auch sehr geholfen, als sie sich wegen der Zwangsaussiedlungen Sorgen machten. Am Ende konnten sie zusammen mit der Witwe des Hauseigentümers tatsächlich der Aussiedlung aus der Budapester Wohnung entkommen.

„Wir würden gerne etwas vorschlagen, das wir mit Dir besprechen möchten, Jani," So fing mein Vater zunächst an. Das Wort *„offerieren"* bedeutete aber in Wirklichkeit *„sich retten"*. Unser Zufluchtsort war von der Gefahr bedroht, dass er einer Zwangsenteignung zum Opfer fiel. Bei einem Freund von uns wurde das Haus enteignet, ein anderer Freund hat zwei Nonnen aufgenommen, die aus einem aufgelösten Orden ins Dorf kamen. Das bedeutete für beide Seiten eine gute Lösung. Und für uns auch, weil dadurch zu dieser rettenden Idee inspiriert wurden. *„Hier ist diese schöne Kirche, die zusammen mit dem Rákóczi-Pflaumenbaum das Wahrzeichen des Dorfes auf den Ansichtskarten ist. Wir wissen, dass Ihr viele Sorgen damit habt,"* fuhr mein Vater fort. *„Wir haben nicht die Absicht, die Kirche schließen zu lassen,"* kam die schnelle Reaktion von unserem János. – *„Selbstverständlich. Daran haben wir auch gar nicht gedacht,"* schaltete sich Jenő ein. *„Die Sache ist nur die, dass die oberen Teile der zwei Seitenwände offen sind und ab Herbst wird es dort unerträglich kalt sein. Wir könnten für diese Monate einen größeren Raum im Erdgeschoss zur Verfügung stellen. Für einen kleineren Glockenturm aus Eisen könnte man zwischen dem Eingangstor und dem Haus genügend Platz schaffen. Wie meint ihr? „Damit würde Balatonakarattya dann auch eine kleine Kirche für die Wintermonate haben,"* schloss mein Vater dieses

Thema vorerst ab. Die lokalen Einwohner wären bestimmt lieber erkältet als Atheist zu werden.

Den Umzug und das Packen hat Schwester Notti geleitet. Wir brauchten uns nur um die zwei Sofas zu kümmern, die wir von Oktober bis April auf den Dachboden stellten. Unsere Aufgabe war außerdem die Umsetzung des dort hängenden großen Gemäldes, dessen Spiritualität von dem neu anzubringenden Madonna-Bild weit entfernt war. Es war darauf nämlich die Tochter eines Woiwoden abgebildet – mit losem Haar und halbnackt. Unsere Gäste im Haus, egal ob groß oder klein, haben das Bild immer bewundert. Mein Patensohn Balázs Rodrigo gab Schmatz- und Saugtöne von sich, als er noch ein Baby war und das Bild sich anschaute.

Schwester Notti läutete die Glocke und kochte einen heißen Tee für den Pater in unserer Küche, die nun als Sakristei fungierte. Gleichzeitig wanderten von dort aber auch einige Originalzubehöre in unseren Keller. Die Gottesgläubigen saßen auf zusammenklappbaren Gartenstühlen und die Jüngeren standen rund um den eisernen Ofen. Alle waren zuversichtlich, dass man in die renovierte Kirche, die in den 20er Jahren erbaut worden war, bald wieder einziehen könne, und die wunderschöne Maria-Skulptur von *Zsigmond Kisfaludi Stróbl* dann wieder ihren alten Platz einnimmt. Der Künstler war in den Sommermonaten Einwohner von Akarattya. Seine Familie hatte ein Landhaus am Ende der Árpád-Straße.

Ich habe die Wintermesse ein einziges Mal mit meiner Mutter zum Neujahr während unseres Kurzaufenthaltes besucht. Dies fiel in die Zeit der Gefängnisjahre nach dem ersten Prozess und nach unserem einsamen Weihnachten. Unser Zimmer war in der ersten Etage und wir knöpften unseren Wintermantel über dem Flanell-Pyjama. So erschienen wir schön anständig unten an der Treppe, bereit für die Zeremonie mit Musik vom Band.

Dieses Erlebnis konnte ich nicht auslassen, da die geschlossenen Seitenwände der Sommerkirche im kommenden Frühling fertiggestellt wurden. Die große Maurerleistung wurde von dem

Bischof eingeweiht, und wir haben damit unser sommerliches Zuhause wieder zurückgewonnen.

Wir konnten uns aber dennoch nur im Untergeschoss einrichten. Das obere 2/3 des Hauses mussten wir dank einer Anordnung des Rathauses einem Ehepaar überlassen, das uns zugeteilt wurde. Sie hatten sich aus Rumänien bis zum Ufer des Balatons durchgeschlagen; beide sprachen aber Ungarisch. Wie im Leben von vielen Budapestern, oder anderswo auch, nahm damit bei uns eine Mietergemeinschaft seinen Anfang. Der alte Herr Pista Ruszanda und seine Frau haben sich so benommen, als wären sie Verwandte von uns. Als sie ausgezogen sind, lag eine nur sehr verhaltene Freude aber ein kleines Verlustgefühl in der Luft.

An einem strahlenden Sommertag geschah bei uns etwas sehr unangenehmes, ein dunkles Ereignis. Während der Grundschulzeit wurden meine Sommerferien von dem Auftauchen der *Stalker* in unserem Garten in Akarattya überschattet. So nannte ich die Detektive. Ihren Metalldetektoren gab ich den Namen *„piepsende Stäbe“*. Ich war mir ganz sicher, dass Lajos und Jenő ihre Zielobjekte sind und dass sie bestimmt nicht nach Heilquellen oder nach Erdöl bei uns suchten. Wir schrieben das Jahr 1953, das Jahr des Todes von Stalin. Sie stöberten den ganzen Tag im Freien herum, sogar meinen kleinen Kräutergarten haben sie aufgegraben. Sie blieben bis zum Abend bei uns.

Es wurde wortwörtlich zu einem harten Abend von harten Zeiten.

Unter meinem Bettlaken lag ein ovales Silbertablett. Ich lag darauf wie ein Embryo – mit fest zugeschlossenen Augen, da ich von meinen Eltern diese Aufgabe bekommen habe.

Heiße Sommerzeiten, kalte Köpfe

Márta, meine schlagfertige Freundin war die Tochter von Iluska und Tibor. Sie wohnten in der Innenstadt zwei Häuser von uns entfernt. Im Garten unseres Ferienhauses am Balaton verbrachten wir viel Zeit miteinander. Márta hat lange Zeit die meisten von unseren Kartenspielrunden gewonnen bis ich endlich dahinter kam, dass sie meine Karten durch eine Spiegelung in meiner Sonnenbrille sehen konnte. Das hat aber unser Wohlbefinden nicht beeinflusst. Wir konnten mit meinem Vater Eis essen gehen, wir haben im Garten gegrillt und uns aus der Kanne geduscht, die oben auf einer zweiteiligen Leiter festgebunden war. Die Eltern von Márta waren in Budapest beschäftigt. Wir Kinder badeten viel im Balaton, und spielten Zahlenkrieg am Rande des naheliegenden Waldes. Einige Male habe ich mich von Gruppenprogrammen, die außer Haus stattfanden, ferngehalten, aber ich habe mich bemüht, zumindest ab und an meine Bücher wegzulegen und doch zeitweise mit den anderen Kindern zu spielen.

Auf den Treppen des leeren Naturstein-Schwimmbeckens im Garten haben wir manchmal Schneckenrennen veranstaltet. Unser Brunnen hatte nicht genügend Wasser um das Becken füllen zu können. Jenő hat uns Taschengeld versprochen, wenn wir das Unkraut jäten, das dort in kurzer Zeit immer festgewachsen war. Um diese Arbeit zu beschleunigen habe ich die Ziege der Nachbarin ausgeliehen. Irmuska wohnte sowohl im Sommer als auch im Winter am Ende unseres Gartens. Uns trennte nur eine Gartentür, die nicht einmal einen Riegel hatte. Die Ziege hat sich bei uns satt gefressen, und wir spielten währenddessen im Schatten des Nußbaumes fröhlich Canasta. Leider hat das dumme Tier die Wurzeln nicht auch noch mit gefressen; ihm schmeckten offensichtlich nur die grünen Teile oben. Beim dritten Mal hat sich Jenő wegen unserer Arbeitsweise bei Valika beschwert. Es hieß daher langsam für uns: lieber zugeben, mit welchen Tricks wir arbeiteten. Jenő war hauptsächlich daran interessiert zu erfahren, wer der Urheber dieser Idee war. *„Nur ich allein. Ich zahle alles zurück.“* Ich nahm alles sofort auf mich. – *„Nein, das brauchst Du wirklich nicht. Ich freue mich aufrichtig, dass Du doch nicht so „verzaubert“ bist, wie Du aussiehst.“*

Diese Großzügigkeit verblüffte mich. Ich wusste, dass der Familie nach dem Prozess wenig Geld übrig geblieben war. Man hatte viele Sachen von uns konfisziert; außerdem haben wir eine Strafe zahlen müssen. Das war unser Beitrag zum Aufbau des als kommunistisch geprägten Ungarn. Der Kopf der „Jungs“ funktionierte prima auch unter den ungünstigeren Verhältnissen.

Mein Vater war Angler. Heute nenne ich das *„Das Meditieren der Männer“*. Mit seinem Fischfang hat er viele Menschen versorgt. Jenő war Kaninchenzüchter und fertigte aus Autoreifen Sandalen in verschiedenen Größen. Sie gingen weg wie warme Semmeln. Ihre Lasche wurde aus dem inneren Schlauch gemacht. Selbst in dem benachbarten *Balatonkenese* konnte man davon einige Prachtexemplare treffen. Meine Mutter hat in der Umgebung einige Kinder rekrutiert, die bei uns essen konnten. Unsere Suppe und unsere Lángosch waren weit besser als alles, was man am Badestrand kaufen konnte. Großmutter suchte zudem in der Natur, was zum Naschen geeignet war. Sie pflückte Maulbeeren und hat daraus mit steif geschlagenem Eiweiß einen leckeren Eisschnee gemacht. Sie machte uns auch glaubwürdig deutlich, dass es nichts Gesünderes gab, als Rhabarber, den wir erst nur für Unkraut hielten.

Den Brotteig hat sie selbst geknetet. Zusammen mit Márti ging ich damit in das Haus des Bäckers in die Árpád-Straße, wo im großen Backofen ein knisterndes Feuer brannte. Kuhmilch kauften wir bei Frau Rab ganz in der Nähe. Die Wartezeit bei ihr war für uns immer besonders interessant. Ihre Zimmerwände waren vollgehängt mit Bildern aus dem Opernhaus und mit ausgeschnittenen Kritiken aus den Zeitungen. Sie hat ihr ganzes Leben dafür geopfert, für den Ballettunterricht ihres Sohnes in Budapest finanziell aufkommen zu können.

Als István Rab auf dem Höhepunkt seines ungarischen Erfolges war, hat er die Entscheidung getroffen, dass er kein RAB (*Bedeutung: Gefangener*) mehr sein wollte. Mit einer schönen Ballerina, deren Name mit einem imposanten „y" endete (*Andeutung auf eine adelige Herkunft*), machten sie den großen Sprung bis nach Amerika.

Stellungen, Sitzungen, Lagen

Nachdem mein Vater im Jahre 1961 zum zweiten Mal auf freiem Fuß gesetzt wurde, war es nicht leicht für ihn wieder eine Arbeitsstelle zu finden. Zu guter Letzt wurde er in der Zuckerbäckerei der Firma *Pannonia* im Stadtteil *Angyalföld* als Nachtpförtner eingestellt. Damals war der Begriff „Philatelie" zu Hause bei uns einem Schimpfwort gleich und das Wort „Briefmarke" wirkte wie ein Brandzeichen.

Es war ein herrliches Gefühl, dass wir nun nicht mehr nach *Balassagyarmat* zum Besuchstermin in die JVA *Állampuszta* fahren mussten. Dank der dortigen landwirtschaftlichen Tätigkeiten sah es aber in diesem Gefängnis relativ entspannt aus. Die Sträflinge, die kurz davor standen entlassen zu werden, durften unter einer lockeren Aufsicht auf den Feldern arbeiten. Und mein Vater war für sie durchaus nützlich. Einen Diplomlandwirt fand man noch nicht einmal in der näheren Region des Gefängnisses. Unser Anwalt flüsterte uns ins Ohr, dass wir ihm zum letzten Gesprächstermin ein belegtes Brötchen mitbringen dürften. Diese Genehmigung kam sehr gut, da Lajos doch schon bis auf die Knochen abgemagert war. Mutter kaufte Gänseleber in einem schwäbischen Dorf, höhlte ein Brötchen aus und stopfte es mit der Leber voll. Meinem Vater bedeutete das Essen sehr viel; am meisten vermisste er vielleicht sogar die ausgiebigen Mittagessen.

Während der Jobsuche zog ihn die Zuckerbäckerwerkstatt, seine erste Station zurück in der freien Welt, so stark an als wäre er ein Magnet. Von der Werkstatt aus hat man die Süßigkeiten für Großeinkäufer, zum Flughafen und in die Hotels geliefert. Nur tadellose Ware durfte diese Betriebsstätte verlassen. Deswegen konnte er für uns morgens um sieben Uhr immer sog. „zweitklassige" Köstlichkeiten mitbringen. Wir warteten alle schon auf das Luxusfrühstück im Flur der Wohnung. Die Oma hat sich das Schaumgebäck geschnappt, mir schmeckte die Biskuitrolle, die mit Zitronencreme gefüllt war, besonders gut. Die Rolle war mit Schokolade verziert und nicht zu süß. Im Kuchenangebot fanden wir auch kleine Obstkörbchen, da der ganze Betrieb wusste, dass dies das Lieblingsgebäck von Lajos's Tochter ist, die eine Lebensmittelallergie hat. Nur Valika meckerte ein bisschen, da sie für sich keine Backwaren mit Kraut- oder mit Fleischfüllung fand. Als wir aber an das Knast-Essen von dem armen Jenő dachten, herrschte sofort wieder Harmonie unter uns.

Bevor Lajos nachmittags zur Arbeit ging, faltete er noch schnell seine Gummimatratze zusammen und legte sie in seine Aktentasche. Wegen seiner Lungenaufblähung war es nicht leicht für ihn, die Matratze täglich aufzublasen, aber die stille Diskretion, dass er sich zum Schlafen zurückziehen konnte, hat sich doch gelohnt. Nachts wartete auf ihn ein angenehmer Ruheplatz, der sich genau von Wand zu Wand hineinpasste. Da der Betrieb in der Lőportár *(Pulvermagazin)*-Straße war, nannten wir dieses Hilfsmittel die *„Pulverfass-Matratze"*, bis sie ein Loch bekam und mit Klebemittel nun nicht mehr reparierbar war.

Vater machte bald einen großen Sprung auf der Karriereleiter. Natürlich nicht auf der staatlichen, auch wenn die Post mit seinem Rehabilitierungsschreiben bald klingelte. Er wurde nun von einem Freund in dessen eigenem kleinen Briefmarkenladen angestellt, wo es sowieso nur Platz für zwei Personen gab.

Es gab viele Probleme mit Vater's Lungen – vielleicht wegen der geerbten Gene? *„Ich bin solidarisch mit meinem Bruder"* sagte mein Vater. Einmal wollte ich das pfeifende Radio an seinem Bett richtig einstellen, woraufhin er leise bemerkte: *„Mach' Dir keine Umstände! Dieser Ton kam nicht aus dem Radio."*

Losungswort: Erdbeermarmelade

Das Bild ist scharf, klar und *fast* lustig: Am Abend sitzen wir mit Lajos zu zweit in der Küche, ich bin 20 Jahre alt. Das Wort *fast* deutet allerdings auf einen großen und dauerhaften Schatten hin. Meine Mutter lag damals schon seit zwei gefühlten Monaten im *János*-Krankenhaus und wartete auf ihre Lungen-Operation.

In der Nähe ihres Fußes lag ein schwarzer Motor, der ihr Luft zupumpte. Wir nannten ihn bei unseren Besuchen immer *Puli (ungarischer Hirtenhund)*. Nach der Operation wird sie ihn nicht mehr benötigen, versprach man uns im Krankenhaus. Die Luftbrust *(Pneumothorax)* von Valika wird durch das Spreizen der Rippen entfernt.

Wir kochten das Abendessen in einer zuversichtlich abwartenden Stimmung. Ich kann das sehr gut machen, wenn ich kein blutiges Fleisch sehe und keinen Fischgeruch in der Nase habe. Solange gibt es bei mir keine Übelkeit. Das aktuelle Menü war unproblematisch für mich: gekochter Schinken, Hörnchen mit Kartoffelsalat und ein paar Palatschinken. Köstlich.

„Womit füllst Du diese Dinge?" fragte Vater, als er die Scheiben sah, die ihn an eine Mondfinsternis erinnerten. – *„Mit Erdbeermarmelade."* sagte ich. Wir lachten gleichzeitig darüber,

denn früher hatte er genau dieses Losungswort gewählt, wenn er uns über seine frisch entlassenen Zellengenossen eine Nachricht zukommen lassen wollte. Wer dieses Wort vor unserer Türschwelle stehend sagen konnte, durfte herein und bekam einen Kaffee bei uns. Der letzte Besucher, der mit dem Losungswort *„Erdbeermarmelade"* zu uns gekommen war, war ein Hundezüchter. Er brachte uns einen Brief von meinem Vater mit, in dem er schrieb: *„Meine liebe Valika, ich möchte Dich bitten, von diesem Herrn einen schönen großen Hund an Stelle von Flört zu kaufen; er soll auf unsere Tochter aufpassen ..."*

Meine Mutter hatte wiederum auch einen besonderen Kanal, um ihre Antworten an Lajos zurückzusenden. Sie besorgte nämlich für die herzkranke Frau eines Gefängniswärters einen hilfsbereiten Arzt, der kein Honorar erwartete. Auf diesem Weg konnte Valikas Antwort Lajos erreichen: *„Auf unsere Tochter werde ICH aufpassen. Etwas Schönes und Großes wird sie haben, aber keinen Hund, sondern einen Wintermantel, weil ihr ihr alter Mantel nämlich schon zu klein geworden ist."*

Darüber lachten wir fröhlich, inzwischen kochte auch schon das Teewasser. Etwas Unverständliches geschah nun in der Küche: Lajos goss die Hälfte von unserem Tee aus dem Teekocher in einen Kochtopf und ließ zwei hartgekochte Eier darin im Wasser liegen. Bis zur Morgendämmerung bin ich nicht darauf gekommen, wozu das gut sein sollte. Wir wollten doch für den nächsten Tag nur eine kleine Ergänzung zu Mamas Krankenhauskost mitbringen.

„Valika hatte sich nämlich Eier aus der Freilandhaltung mit brauner Schale gewünscht. Ich konnte aber in der ganzen Markthalle nur weiße Eier bekommen. Es gab also keine andere Lösung."

Ich verschwand schnell im Badezimmer. Er soll nicht mitbekommen, dass ich weine, weil er Illusionen für Mama bastelt. Als ich endlich verstand, wie erfinderisch er war, fiel mir die ausgetauschte Perlenkette von Oma wieder ein.

Ich habe nicht lange bittere Träne geweint, da wir friedliche Zeiten erlebten. Der Name *János Kádár* bedeutete im Radio oder im Fernsehen nichts Fürchterliches, bei man gleich zusammenzucken musste, wenn man hörte. Wir mussten aber erst abwarten bis die amtliche Blockierung des Hauses in *Balatonakarattya* aufgehoben wurde. Meine Eltern haben dann den Garten verkleinert und für den abgetrennten Teil schalteten sie eine Anzeige in der Zeitung. Valika konnte jetzt zeigen, was sie für ein angenehmeres Leben alles tun konnte. Sie lud die Gäste zum Imbiss ein. Jetzt kam auch nicht mehr der gute alte *Atomik* Kaffeekocher auf den Tisch, sondern die neue, „gluckernde" *Kotyogó*-Kaffeemaschine. Valika hat ihre Kocher so penibel kategorisiert, dass ihre Gründlichkeit sogar die einst gefürchteten Chefs der Kaderabteilung neidisch gemacht hätte.

Wir haben damals neue, freundliche Nachbarn bekommen und unsere Familie konnte sich nun einen *Trabant* (Pkw) leisten. Wir nannten ihn *„Papierschale"*; die Idee kam uns durch unseren hinter dem Haus stehenden Nussbaum *(wegen der „Nussschale")*. Lenken konnte – oder wagte! – das Auto niemand außer mir. Ich wurde also die einzige Fahrerin dieses Autos, entsprechend den elterlichen Erwartungen. An den Wochenenden fuhr ich an der *Osztyapenko*-Statue vorbei Richtung Bundesstraße 7 *(die zum Balaton führt)*. Damit hat die Aktion *„frische Luft schnappen"* ihren Anfang genommen. Drei Menschen mit gefährdeten Lungen saßen im Wagen und ich spürte nun das erste Mal, dass ich endlich erwachsen bin.

Zweites Diplom, soundsovieltes Geheimnis

Als Anrede benutzte ich immer das Wort „Lajos", nicht einmal in meinen jüngeren Jahren habe ich meinen Vater mit „Papa" angesprochen. *„Du Lajos, ich habe interessante Nachrichten für Dich …"* So hat der Tag angefangen, als er nach unserem Gespräch ein Anleihepapier als Geschenk aus der Schreibtischschublade hervorzog. Aber das kommt später. An diesem Tag habe ich ihm zu Gute gehalten, dass er die Menschen um mich herum nicht kritisierte. Er hat oft die Gelegenheit gesucht, Menschen kurz zu treffen, und wenn sie ihm nicht sympathisch waren, hielt er mich feinfühlend so weit wie möglich von ihnen fern. *„Bist Du noch traurig, weil Du doch eigentlich bei MALÉV Flugbegleiterin werden wolltest?"* fragte mein Vater und erzählte mir aufs Neue, dass er mich ungern an Bord gesehen hätte, um dort mit Tabletts herumzubalancieren. – *„Nein,"* – beruhigte ich ihn. *„Das habe ich längst vergessen."* Dann sagte er: *„Es gäbe da eine Arbeit, die mit viel Reisen verbunden ist. Das wäre für Dich eigentlich perfekt. Karl, ein Briefmarkensammler-Kollege von mir lebt in Deutschland, er ist ein grauenhaft unordentlicher Mensch. Er braucht jemanden, der seine Papiere und Termine in den Griff bekommt und sich um Hotelreservierungen kümmert. Jemand, der ihn ein wenig im Zaum hält und doch auch etwas Ahnung von der Philatelie hat. Jemand, der zumindest weiß, dass das Wort „zahnlos" im Briefmarkengeschäft nichts mit einer Zahnprothese zu tun hat. Zeig Dich nicht unmotiviert, Mädel. Der Mann ist nicht alt und er ist sehr flexibel. Du kannst ein paar Jahre für ihn arbeiten, da kannst Du die ganze Welt umarmen. Er ist gebildet, hat ein nettes Vermögen und seine Gesellschaft ist sehr erbauend. Du kannst mit einer organisierten Gruppenreise leicht über die Grenze kommen und es bleibt vorerst geheim, dass Du nicht so schnell wieder zurückkommen wirst."* – *„Ich werde es mir überlegen".* So beendete ich erst einmal das Thema ab und fing nun langsam an, seine Selbstlosigkeit zu verstehen. Er ist nicht mehr der Jüngste und trotzdem würde er das Risiko eingehen, dass wir uns seltener sehen. Er machte sich Sorgen um meine Zukunft. Ich folgte seinen Methoden und habe ihm zwar nicht „Nein" gesagt, aber versuchte die Entscheidung immer weiter hinauszuschieben. Das nannte man in unserer Familie: „Sabotage". Wir konnten dieses Wort früher eine Zeitlang oft hören.

Die Welt gehörte mir auch später nicht, höchstens nur einige wunderschöne Scheibchen davon. Karl reiste um dieser Zeit weit weg von Europa und uns erreichten in einem budapester Kaffeehaus pikante Nachrichten darüber, was ihm passiert war. Während eines romantischen Rendezvous machte ihm seine Sexpartnerin eine solch große Freude, dass er infolge eines Herzinfarkts innerhalb von Minuten tot war. Der Ambulanzarzt und die Rettungssanitäter gelangten schnell ins Hotelzimmer, aber sie hatten es nicht leicht mit der Trennung des zerkneulten Pärchens. Die Dame bekam dadurch einen Krampf, vielleicht auch in ihrer Hand, dass sie sich an dem Telefonhörer, der auf dem Nachttisch stand, so fest klammerte, als würde sie sich in einer scharfen Kurve am Griff festhalten müssen.

Jetzt aber können wir wieder zu dem, mein Schicksal beeinflussenden Satz zurückkommen. *„Lajos, ich habe heute eine Nachricht für Dich in Bezug auf meine eigene Zukunft … Ich kann an der Fakultät für Fremdenverkehr der Volkswirtschaftlichen Karl Marx-Universität durch ein Fernstudium ein Diplom als Betriebswirt bekommen. Das bedeutet für meinen Beruf mehr als mein bisheriges Fachhochschul-Diplom." – „Ach nein, willst Du wieder studieren?"* fragte er. *„Du solltest lieber ein bisschen leben. Die meisten Männer mögen keine hochqualifizierten Frauen, ihre eigene Bequemlichkeit aber umso mehr." – „Ja, ich weiß. Deswegen habe ich es auch nicht eilig, bei ihnen oder mit ihnen zusammen zu wohnen. Außerdem will ich sowieso nicht aus den „meisten" auswählen. Wie würdest Du aber reagieren, wenn ich Dir sage, dass ich mit meinem knapp dreijährigen Studium an der Abenduniversität schon längst fertig bin? Ich muss mein Diplom nur noch abholen." – „Ist das Dein Ernst?" – „Ja. Ich hatte die Samstagseinkäufe schon seit längerer Zeit übernommen und die Große Markthalle steht direkt an dem Universitätsgebäude.*

Die Uni heißt auch Karl –, so wie Dein Freund -, nur in diesem Falle: Marx. Meine Diplomarbeit habe ich in Sopron innerhalb von nur fünf Tagen geschrieben, während Ihr dachtet, dass ich dort mit jemandem Urlaub mache." – „*Wer wusste davon?"* fragte er interessiert weiter. – „*Meine Patentochter hat ab meinem zweiten Studiumsjahr davon gewusst. Sie hat einmal gesehen, dass ich in meinen Büchern mit Bleistift unterstreiche. Da hat sie mich gefragt."* – „*Und wieviel hat die Studiengebühr gekostet?"* Er nahm seine Brille, und drehte nun meinen Studienpass durch seine Finger. – „*Es war vermutlich etwas reduziert. Ich musste pro Halbjahr nur Dreitausend Forint bezahlen. Das war doch eine gute Kapitalanlage, oder?"*- „*Klar war es das! Und als Überraschung war es auch nicht schlecht. Gestatte mir aber, dass ich für Dein Studium aufkomme."* Und mit diesen Worten griff er in seine Schublade. Als ich das Anleihepapier, das kurz vor seinem Ablaufdatum war, gerade wegstecken wollte, kam meine Mutter nach Hause und wurde nun natürlich auch gleich eingeweiht. Einer von ihrem beiden Kommentaren ist mitteilungsfähig: „*Vom Schule schwänzen habe ich schon gehört, vom Gegenteil allerdings noch nie."*

Riesiger Mond, schwindende Sterne

Das Schicksal war nicht besonders großzügig zu den Kiss-Brüdern.

„*Lajos, ich glaube, ich werde jetzt sterben."* Das war der letzte Satz, den sich eine Krankenschwester merkte, die 1980 spätabends am Bett von Jenő im Krankenhaus stand. Die Schwester hieß Mária Horváth – genau wie die Mutter der beiden Brüder. Alpha und Omega …

Die Lebensdauer von Valika sah aber glücklicherweise anders aus. Ihre Lunge hat sich nach der Operation vollständig erholt. Ein riesiger Schnitt auf ihrem Rücken zeigte die Meisterleistung, die im János-Krankenhaus nach dem Namen des operierenden Arztes als „Kessler-Kurve" bezeichnet wurde.

Ostern stand vor der Tür und der Goldregen hatte schon seine Blütezeit, als Valika das erste Mal die Erlaubnis erhielt, das Krankenhaus verlassen zu dürfen. Wir luden sie mit Vater zu einem Imbiss in das ringförmige Hotel Budapest ein, das damals ein echtes Novum in der Stadt war. Valika schaute sich Pest und Buda aus der Höhe von oben an. Sie war verwundert, dass sie sich nun tatsächlich wieder im wahren Leben befand. Ich habe sie mir lange angeschaut. Sie hatte nicht nur eine neue Perspektive bekommen, sondern auch ein neues Leben.

Es war der größte Schock, den ich jemals erlebte, als ich meinen Vater verlor. Auch wenn mein Gehirn wusste, dass man auf gewisse Sachen immer vorbereitet sein muss, die im Alltag natürlich sind, müssen wir erst lernen damit zu leben. Sein liebevoll morbider Wunsch, dass er mit einer Briefmarkenpinzette in der Hand stirbt, wäre fast in Erfüllung gegangen. Am Ende eines Mittagessens an einem Sonntag im November 1990, kurz nach dem traditionellen Besuch des *Farkasréti*-Friedhofs, arbeitete er in seinem Büro zu Hause. Zwischen seiner plötzlichen Ohnmacht, der Ankunft des Krankenwagens und der Krikotomie *(Luftröhrenschnitt)* vergingen nur ein wenige Stunden. Doch alles war vergeblich, man konnte ihn nicht mehr retten. Die Todesursache war eine innere Blutung.

Meine Mutter brachte seinen Pyjama und die ärztlichen Papiere in einem Kissenbezug verpackt nach Hause. Sie wurde mit einem Pkw des Krankenhauses nach Hause gebracht, da sie dort vorher mit Beruhigungsspritzen versorgt werden musste. Sie legte sich sofort in das Bett von Lajos, damit sie es nicht leer sieht. Es war Vollmond. Ich saß mit zwei Decken auf dem Balkon und starrte den Himmel an. Wo würde er jetzt wohl sein?

In *Akarattya* mochten wir beide die Kulissen der nächtlichen Natur. Wie laut die Hunde bellten, als sie die silberne Kugel des neuen Hydroglobus erblickten! Sie wurden schön hereingelegt, da es nicht der Mond war. Wir lachten auf der Terrasse, die mit roten Geranien geschmückt und mit Tannen umgeben war. Dieser Himmelskörper kann interessante Gefühle wecken. Wenn er genügend Kraft hat um das Wasser der Ozeane zu bewegen, dann muss ich akzeptieren, dass er auch in der Lage ist, die Hauptschlagader eines Menschen platzen lassen. Eine Aorta, deren Wand sich sowieso schon nach außen vorstülpte, was aber niemand in den letzten zwei Jahrzehnten je bemerkt hatte.

An jener Vollmondnacht wurde mir unweigerlich bewusst, dass die Liste meiner Verluste sich noch erweitern wird. Das heißt, ich werde weniger Sterne um mich haben. Und wieviel Licht kann ich dann wohl geben und für wen?

*Die Kiss Brüder
planen die
gemeinsame
Zukunft.*

Die Urkunde, die die Auszeichnung meines Großvaters bezeugt.

Lagunenspiel

Als ich noch am Anfang meiner Karriere stand, sind wir mit einer kleineren Gesellschaft im August 1968 nach Jugoslawien gefahren. Wir haben am Meer einige Touristen getroffen und hörten, dass man von dort mit dem Schiff nach Venedig hinüberfahren kann. Viele haben diesen Weg gewählt, die illegal in den Westen emigrieren wollten. Aus unserer Gruppe haben nur wir zwei, Miklós und ich, dieses Abenteuer auf uns genommen. Ich habe ihn damals nur als meinen Begleiter betrachtet. Ich habe mir keine Gedanken darüber gemacht, was dieses Bündnis uns zwei bieten könnte, auch nicht, ob er in unsere Familie passt oder nicht. Miklós aber überlegte damals, ob er seine Bequemlichkeit neben mir behalten könnte, falls wir jetzt als Paar in Venedig bleiben. Nur so viel sei hier zur Romantik dieser besonderen Stadt gesagt.

Am zweiten Tag unseres Kurzausflugs haben wir gerade verschiedene Sorten Eis probiert, als wir plötzlich auf einer Zeitungsseite das Wort „Ungarn" sahen. Wir kauften sofort eine Tageszeitung. Um auf Nummer sicher zu gehen, kauften wir eine zweisprachige Zeitung, damit wir wirklich genau verstanden, was diese Fotos mit den militärischen Fahrzeugen bedeuteten. Offensichtlich gab es an der ungarisch-tschechoslowakischen Grenze eine ernsthaftere Auseinandersetzung oder zumindest einen außerordentlichen Zwischenfall *(das war der sogenannte Zwischenfall bei Čierna, auf ungarisch Ágcsernyő im heutigen Länderdreieck Ungarn-Slowakei-Ukraine)*. Wir beeilten uns nun sehr um zur Vaporetto-Station zu kommen. Es blieb uns nicht viel Zeit bis zur Abfahrt des Schiffes und der Hafen war noch mehrere Wasserstationen entfernt. Wir mussten länger warten und haben dabei den Canale Grande und die Zeilen in der Zeitung genauer unter die Lupe genommen. Das Vaporetto kam nicht, der ganze Kanal sah plötzlich erstaunlich ruhig aus. Es gäbe einen Streik heute, haben wir erfahren. Man könne also nur mit einem Wassertaxi zum Hafen fahren, natürlich zu einem höheren Preis.

Miklós schaute mich nun an und fragte in seiner üblichen, praktischen Weise: *„Was würdest Du sagen, wenn wir jetzt nicht mehr zurückfahren würden? Als Entwicklungsingenieur bekomme ich hier sofort eine Arbeitsstelle und Du hast mehrere Sprachen studiert. Du hast ein Diplom und Deine Scheidung wurde auch schon ausgesprochen."* – *„Nein, ich muss zurück."* – *„Du achtest mit Deiner mystischen Fernost-Manie immer so aufmerksam auf alle Zeichen. Ist das denn jetzt kein Zeichen? Meinst Du nicht?"*

Der Dielenboden der Vaporetto-Station schaukelte sanft unter meinen Füßen. Inzwischen drehte sich die ganze Welt um mich herum. Wäre er dazu wirklich fähig? Könnte er die Budaer Altstadtwohnung zurücklassen, wo sein Vater nach einer Gehirnblutung von seiner zerbrechlichen Frau gepflegt wird, er selbst aber die einzige Person ist, auf die man sich in der Not verlassen konnte?

Wir hatten keine Zeit lange zu debattieren. Es war das sichere Gefühl: Ich werde sicher zurückfahren.

Ich stand am Rande des Piers und winkte nun mit beiden Händen den vorbeifahrenden Wassertaxis. Das Einzige, das kam, war leer, es war rotbräunlich und hatte eine wunderschöne Ausstattung. Es war viel lustiger als die schwarzen Gondeln, die mit ihrer Farbe auch heute noch vor den Opfern der Pestepidemie salutieren. Auf dem Boden war ein Teppich und an der Rückenlehne lagen rote, bestickte Kissen neben einander; die noblen Farben der prachtvollen Geschichte von Venedig. Ich sprang ins Wassertaxi, ein leichtes Wanken, Miklós stand rasch wortlos hinter mir.

Wir näherten uns dem Hafen. Der Kapitän stand oben vorne an Deck und schaute sich die ankommenden Boote mit dem Fernglas an, das er um seinen Hals trug. Er rechnete schon wieder mit Dissidenten, doch ich habe meinen Musselin Schal ausgezogen und fing an, ihm damit zu winken. Die Entfernung vor uns war nur noch etwa zehn Meter. Ich habe eine innere Ruhe gespürt, wobei ich damals noch gar nicht ahnen konnte, was für eine gute Entscheidung ich hier getroffen hatte. Allein. Oder hat vielleicht die smaragdgrüne Farbe des Canale Grande einen grünen Weg für uns beide gezeigt?

Einige Monate später heiratete Miklós eine Krankenschwester in Budapest und ich setzte meine Arbeit zu Hause beruhigt fort. Erst viele Jahre später traf ich den *Magnetmann,* den wahren Gefährten meines Lebens, in der Ruhe einer Bibliothek, mit einer unerwarteten und großen Liebe.

Er, der frühere Geschichtslehrer, der unser Land normalerweise ganz selten verlässt, unserer Sprache nicht untreu ist und selten fremde Kost verzehrt, hat mich später trotzdem nach Venedig begleitet. Wir bummelten zu zweit stundenlang in der Stadt, deren so einzigartige Stimmung von keiner anderen Stadt übertroffen werden kann. Sie ist gleichzeitig Gefangene und Königin des oft verheerenden Wassers.

Mein Gefährte trug sein Fernglas die ganze Zeit um seinen Hals und seine grauen Haare erinnerten mich an die des Schiffskapitäns unseres damaligen Ausflugsschiffes. So wurde die Lagunengeschichte abgerundet, die ich in mir als Andenken und Symbol von Wegekreuzungen bewahrte.

Maximale Veränderung

Für mich hatte die Arbeit und die Pflicht immer eine große Bedeutung. Anfang der 70er Jahren funktionierte ich schon fast wie ein Roboter. Es kam aber die Zeit, als es mir gelang, aus dem Druck der Gewohnheiten und der Erwartungen auszubrechen.

Später sind dann die Krankheitstage im direkten Verhältnis dazu gefallen. Ich konnte mich aber leider nicht lange daran erfreuen, weil nun statt der Entzündungen das schwer diagnostizierbare *Neurinom* mein neuer innerer Mitbewohner wurde. Es geht dabei meist um gutartige Tumore der Nervenzellen, die für die rechte Hand kontinuierlich die schmerzende Botschaft senden: nur keinen Regen, nur keinen Schnee …

Inzwischen hatte ich schon eine dritte Sprache gelernt. Das gehasste Blaupapier, das die Schriftstücke in mehrfacher Ausfertigung erstellte, wurde nun langsam von der elektrischen Schreibmaschine abgelöst. „*Mir tun inzwischen schon meine Finger weh. Ich habe zwei Portobücher voll geschrieben,*" sagte ich, aber mein Chef bei der Firma *Metalimpex* war nicht besonders tolerant oder aufmerksam, was meine Klagen betraf. – „*Wissen Sie, meine erste Frau Évike legte mir in der Metall-Abteilung täglich zweieinhalb Stücke davon auf den Tisch.*" – „*Aber trotzdem haben Sie sich von ihr scheiden lassen,*" war meine spontane Antwort, die durch meine Müdigkeit vielleicht etwas ungehalten war. Daraufhin hat er mich erst einmal dort sitzengelassen. Er ging einfach fort. Ich habe aber beobachtet, in welche Richtung seine Schritte immer leiser wurden. Er ging nicht zum Personalbüro, sondern in die Verwaltungsabteilung. Nach seiner Rückkehr teilte er mir mit: „*Sie bekommen eine elektrische Schreibmaschine.*" Und somit herrschte nun wieder Frieden zwischen uns. Wir haben einander wirklich geschätzt, sonst hätten wir nicht mehr als zehn Jahre lang zusammen gearbeitet.

Bei dieser Außenhandelsfirma machte ich auch noch andere wertvolle Bekanntschaften. Meine Kollegin Enikő war eine Expertin der fernöstlichen Philosophie; so etwas gab im damaligen Budapest ziemlich selten. Gábor arbeitete an der Vorbereitung einer großen afrikanischen Expedition. Er nahm an dem Projekt als Fotograf, Organisator und auch als Fahrer teil. Später hat er diese Erfahrung zusammen mit seinen Reisepartnern in einem gemeinsamen Buch verewigt. Meine Kollegin Ágnes hat ebenfalls viel fotografiert. Nach ihrem „Umweg" im Außenhandel hat sie Ausstellungen veranstaltet und wurde Journalistin.

Das waren alles Menschen, die im Stahl- und Metallhandel nicht ihren richtigen Platz gefunden hatten und meine Freunde habe ich genau aus diesen Kreisen ausgewählt. Ich selber war auch nicht an meinem richtigen Platz, auch später nicht, als ich im Ein- und Verkauf tätig war. Bei mir fehlte im Grunde die richtige Freude und das wahre Interesse. Die mich aufrüttelnde Frage lautete: *„Hätten Sie Lust, sich zusätzlich zu ihrem Fachhochschuldiplom zum Hütteningenieur weiterzubilden?"* Nein, diese Absicht hatte ich bestimmt nicht.

Ich suchte also nach einer neuen Stelle und wollte nun entweder auf kulturellem Gebiet oder in der Leichtindustrie etwas Passenderes finden. Ich war überrascht, als ich dann einen Brief mit einem rot-schwarzen Emblem vorfand, der im Inseratenbüro eintraf, und höchstpersönlich von dem Direktor des Maxim Varietés selbst getippt worden war. Er wollte offensichtlich nicht, dass seine Mitarbeiter vorzeitig erfahren, dass er einen Angestellten von „außerhalb" holen wollte. Seine wenigen Zeilen bedeuteten für mich aber eine Möglichkeit meine berufliche Laufbahn zu modifizieren: *„Wir suchen eine(n) neue(n), modern denkende(n) Mitarbeiter(in) mit guter Organisationsfähigkeit für einen selbstständigen Arbeitsbereich, der direkt mir persönlich zugeordnet ist. Er/sie soll sich für eine ungebundene und selbstständige Tätigkeit bereit erklären und verantwortungsvoll ausfüllen. Seine/Ihre Sprachkenntnisse kann er/sie in der Administrationsarbeit der monatlich wechselnden internationalen prestigevollen Artistenprogramme einsetzen und zudem einen regelmäßigen persönlichen Kontakt mit den Künstlern pflegen. Zu dieser interessanten Arbeit bieten wir ein gutes Einkommen und Anerkennung."*

Diesen Brief habe ich niemandem gezeigt. Das musste ich alleine entscheiden.

Zeitalter der Interviews

Alle anderen Briefe habe ich weggelegt und keine weiteren Termine für Jobinterviews vereinbart. Als ich bei Varieté-Direktor István Barna über die Türschwelle kam, schaute ich auf das beleuchtete Gemälde über seinem Schreibtisch, dann auf seine dünne Zigarre und auf den Ordner, der auf seinem Couchtisch stand. Neben ihm sah ich eine große Flasche Metaxa, die mit ihrem Korken nach unten zeigend auf einem kleinen Regal stand. Das Portrait hinter seinem Schreibtisch war auch tagsüber mit einer Spotlampe beleuchtet. Er hatte nichts Überflüssiges in seinem Zimmer aufbewahrt. Das hat mir gut gefallen. Alles war dort gemütlich, freundlich und ich wusste, dass er mich einstellt.

In der Regel habe ich nachmittags um zwei Uhr angefangen und arbeitete bis zum Anfang der zweiten Abendvorführung. Wir haben den vereinbarten Arbeitsschluss um zehn Uhr fast nie eingehalten, da es in unserer Vereinbarung ja auch um eine Gleitzeitarbeit ging. Es war eine zauberhafte Zeit, als hätte ich mir einen Film angeschaut, der voller Überraschungen ist und immer ein unberechenbares Ende hat. Vormittags konnte ich im Gellértbad schwimmen, gefolgt von einem leichten Mittagessen und zum Abendessen wurde mir an meinem Arbeitsplatz immer etwas Leckeres aufgetischt. Das monatliche Basisprogramm wurde regelmäßig durch drei weitere ausländische Künstler bereichert. Die Impresario-Arbeit von Direktor Barna wurde von einer Dame im Rentenalter unterstützt, die kurz vor ihrem Abschied aus der aktiven Tätigkeit stand. Sie gab mir damals eine Art Schnellkurs in einem Beruf, der meines Wissens nirgendwo in ganz Ungarn als Lehrmaterial angeboten wird.

Meine eigenen Fehler haben mir viel geholfen. Jetzt wurde mir erst klar, was man *empirische Erfahrung* nennt. Das also war es. Und um einen Fehler zu machen, gab es genügend Möglichkeiten und das 24 Stunden am Tag. Als ich in der Josefstadt zum zweiten Mal eine Wohnung für ausländische Artisten mietete, handelte ich wohl etwas überstürzt. Die ältere Eigentümerin nickte, als sie von der Ankunft des *Trios* hörte, obwohl sie die Bedeutung dieses Wortes gar nicht genau verstand. Vorher wohnte ein *Duo* bei ihr. In der Wohnung gab es zwar drei Betten, aber eben leider nur zwei Sets von Bettwäsche. So musste ich nachts um zwei Uhr noch eine Garnitur aus meinem eigenen Bestand per Taxi zu der Adresse bringen lassen.

Ein anderes Beispiel: Als der Direktor einen Blumenstrauß in Mühlenradgröße in die Wohnung der kubanischen Künstlerin Gina schickte, gab es dort keine entsprechend große Vase. Ich musste also in diesem Falle einen Eimer mit Alufolie auskleiden, den Henkel konnte ich durch die Ranken verstecken. Dann teilte ich der Künstlerin freundlich mit, dass diese Art genau unserem ungarischen rustikalen Stil entspricht.

Ich liebte diesen Impresario-Beruf, obwohl mir das Wachbleiben bis spät in die Nacht langsam zu schaffen machte. Ein bedauerlicher Konflikt, der durch den Einkauf von drei Leopardenjungen entflammte, hat dann meiner Arbeitsstelle aber leider ein plötzliches Ende bereitet. Die Tiere haben zwar das Programm auf ein höheres Niveau gebracht, aber ihre Unterbringung und ihre Pflege war kompliziert. Als der erste Leopardjunge ums Leben kam, war ich fest davon überzeugt, dass diese Großkatzen sich im Budapester Zoo bestimmt wesentlich besser gefühlt hätten … Das hier war kein guter Platz für sie. Ich wurde kritischer, müder und ich äußerte meine Meinung immer öfter. Mit diesen Gittern hinter meinem Rücken fing ich an mit dem Gedanken zu spielen, die Freiheit eines neuen Jobs genießen zu wollen.

Nach diesem Abenteuer fiel es mir nicht schwer im Ausland, im Matthias Keller in Wien zu arbeiten oder beim Abendstudium zu studieren. Als Diplom-Volkswirtin für Tourismus bekam ich bald einen neuen Arbeitsplatz, der nun mein Favorit wurde; er war bei einer Firma namens *Taverna*. Deren Hotel befand sich noch in der Bauphase. Mit dem gemeinsamen Firmennamen wollten sie aber zum Ausdruck bringen, dass ihr Hauptprofil diese besondere Restaurantkette ist. Bei Touristen waren der Matthias Keller, das Restaurant *Százéves (Hundertjährige)* und die *Ménes Csárda (Gestüt-Tscharda)* legendär. In dieser Firma erlebte ich, wie wahr dieses englische Sprichwort ist: *„Ein rollender Stein setzt keinen Moos an."* Das passte ausgezeichnet zu meinem „Kieselsteinmädchen-Feeling".

Zusätzlich zu meiner täglichen Arbeit bekam ich in der Firmenzeitung einen eigenen Handelsteil. Solche Tätigkeiten wurden bei der Firma mit Reisen belohnt. So kam ich z. B. an meinem 50. Geburtstag nach München, wo eine Cousine von mir lebte, die mit ihrem verheirateten Namen Kati Bámer hieß. Auf ihrer Hochzeit amüsierte sich Lajos prächtig darüber: *„Maria Theresia siedelte einst die Schwaben hier bei uns geschickt an, und Du gehst jetzt wieder zurück …"*

Eine andere Station meiner journalistischen Arbeit war Salzburg, als die Tulpenbäume (*Magnolien*) blühten. Ich streifte durch die Straßen inmitten von ausgeglichenen Menschen, die mit ihren Hunden spazierten und ich überlegte mir, welch eine große Rolle nach dem spielerischen *Flört,* nach der Fledermaus und nach dem tollwütigen Fuchs die Fauna nun in meinem Leben spielte. Gerade erst vor kurzer Zeit hatte ich außerdem meinen Lebensweg wegen eines Leopardjungen neu gestaltet.

Der Wunsch nach einem „richtigen kleinen Knirps" konnte nur teilweise in Erfüllung gehen, es gab mir aber trotzdem viel Freude. Es war also jemand, für die ich einige nette Geschenke in Salzburg kaufen konnte. Zu Hause wurde unsere Kommune durch den Neuzugang von *Dóri* größer, und zu Hause warteten auf mich zwei leuchtende Augen mehr.

Patentochter ohne Zeremonie

Mein Patensohn mit dem glücklicheren Schicksal hatte eine
wunderbare Taufe in der St. Anna-Kirche in Buda bekommen.
Das Ereignis erfolgte während eines Sommerurlaubs seiner Eltern in Ungarn, die ansonsten im Ausland als Firmenrepräsen-
tanten tätig waren. Das Baby bekam den Doppelnamen: Balázs
Rodrigó. Seine Mutter war während der Allende-Zeit in Chile
guter Hoffnung, aber der Kleine kam dann in Argentinien auf
die Welt. Das erste Wort, das er im Jahre 1974 hören konnte,
war also nicht „ein Junge", sondern „hombre".

Mit Dóri, die nur um ein Jahr älter war als er, hatten wir einen völlig anderen Anfang. Sie hat sich als „Adoptivkind" uns
angeschlossen. Den Namen Teodóra Lina in einem Wort zu Doralina zusammenzufassen, war meine Idee. So bin ich Patentante geworden. Und heute trägt sie immer noch diesen Namen.

Ihre Eltern flüchteten über die Grenze bis nach Schweden.
Sie kam über einen kurvenreichen Weg zu uns in die Királyi-
Pál-Straße. Ihr Großvater war Psychiater, ihre Großmutter in
jüngeren Jahren eine hoffnungsvolle Sekretärin. Manchmal kamen Nachrichten aus Schweden von den getrennt lebenden Eltern. Der Vater von Doralina tanzte im Béjart-Ballett-Ensemble,
später wurde er Choreograph. Ihre Mutter ist heute eine aner-
kannte Regisseurin in ihrer neu gewählten Heimat und auch
über die Grenzen hinaus bekannt. Diese Künstlergene haben
mich nachdenklich gemacht, langsam verstand ich ihr Wesen
besser und ich bekam mehr Geduld für sie als sonst jemand in
ihrem Umfeld.

Die Eltern arbeiteten am Theater in Kaposvár, als Teodóra
Lina auf die Welt kam. Sie wurde öfters von ihnen in die Schau-
spieler-Garderobe mitgenommen. Das habe ich zufällig während
einer großen Firmenveranstaltung erfahren. Wir waren im Maxim Varieté, Doralina hat damals gerade die Marzipanrosen von
der Torte abgegessen. Ein Tänzer von unserer Truppe, der Attila

hieß, kam zu uns und erzählte kleine lustige Geschichten über seinen provinzialen Berufsstart. Er hat sich damals zwischen seinen Auftritten manchmal um die kleine Doralina gekümmert.

Das erste Mal habe ich mit ihr im Fahrstuhl gesprochen. Ihre Großmutter hat sie begleitet, sie kamen gerade nach Hause vom *Ecseri*-Flohmarkt und wir stiegen in der dritten Etage zusammen aus. Sie hat meinen Rock festgehalten und teilte mir in einer gebieterischen Stimme mit: *„Ich will zu Dir reingehen. Du hast keine Kinder."*

Vorher hatte sie mich schon durch die Briefeinwurfklappe beobachtet. Ich dachte zuerst, dass ein Hund damit spielt, aber in Wirklichkeit war sie die Täterin, die kleine Knisterin.

Wir haben uns mit ihrer Oma Éva abgesprochen. Doralina hat zu Hause geschlafen, aber die Wochenenden hat sie bei uns in Balatonakarattya verbracht. Als die Welt für sie interessanter aussah, wurde ihr Zeugnis parallel dazu immer schlechter. Als Erwachsene war sie genauso zerstreut und wurde mit *„Aufmerksamkeit mangelhaft"* bewertet. Damals hat man sich bei uns mit diesem Phänomen noch gar nicht beschäftigt, das mit Hyperaktivität zu tun hat. Erst später habe ich erfahren, dass diese Verhaltensstörung mit der offiziellen englischen Abkürzung ADHD heißt.

Wegen ihrer schlechten Zeugnisse durfte sie das versprochene Fahrrad nur benutzen, aber es wurde nicht ihr Eigentum. Sie saß stolz darauf wie die allerbeste Schülerin und zeigte herum, was sie bekam. Das konnte ich nicht mehr unkommentiert lassen. Dafür hatte sie aber wiederum eine ganz besondere Erklärung: *„Weißt Du Juti, das ist nur der Name dieses lila Fahrrads: Mein oder auch Meinchen."*

Valika hat versucht, sie im Zaum zu halten mit dem Motto *„Keine Unordnung, kein Krümel auf dem Tisch!"* Lajos hat das einmal so aufgelöst: *„Es gibt Krümel, mein Herzchen, wir gehen jetzt die Möwen füttern"* und er zog sie mit zum Donaufer. Doralina war so gut wie unbestrafbar. Als bei der Familie meines Patensohnes die Filzstifte nach einer Wandkritzelei im Zimmer nach oben auf den Schrank verbannt wurden, hat sie nur eine schlichte

Bemerkung gemacht: „*Guckt mal, ich kann auch mit meinem Finger in die Luft zeichnen.*" Sie konnte auch etwas anderes. Sie wollte aus der Schwesternschule raus, in die sie von ihrer Großmutter anstelle des Gymnasiums hingelotst worden war. Ein Thema bei der schriftlichen Prüfung über die menschlichen Organe kam ihr wie gerufen: die Leber. Sie hat die Ausarbeitung des Themas damals in etwa so „gelöst": „*Ich weiß nicht, wer sie wie bevorzugt, aber ich mag sie am liebsten geröstet. Das Geheimnis ist aber, dass man viel Zwiebel dazu braucht. Nehmen wir also die Leber ...*"

Am nächsten Tag gab es dafür ein recht ironisches Lob und sie wurde der Schule verwiesen. Die Folge war, dass ihre Mutter nach Ungarn kommen musste und sie nun zu sich mitnahm. Die Mutter schickte sie nach ihrem kurzen Zusammenleben in Stockholm in eine Kunstschule im hohen Norden. Nachdem Doralina dort mit ihrem Studium fertig war, hat sie ein selbstständiges Leben in Göteborg begonnen. Manchmal besuchte sie ihre geschiedenen Eltern in der Hauptstadt. Ein bisschen blieb sie aber auch weiterhin unsere Tochter.

Ich besuchte sie öfters, hauptsächlich während der Zeit der schwedischen touristischen Messen und Ausstellungen, an denen unsere Firma teilnahm. Sie erzählte mir, dass ihr Gehirn nun schwedisch denke, ihr Herz sei schwedisch-ungarisch, aber ihr Magen vollkommen ungarisch. Es war wirklich so, ihre ungarische Kreativität entfaltete sich tatsächlich in der Küche.

Asperger ... meinst Du wirklich?

Einmal als ich auf dem Weg zu Doralina war, hatte ich kaum das Fährschiff betreten, da gesellten sich zwei Mädchen aus Budapest zu mir und luden mich zum Buffet ein. Sie waren viel jünger als ich. Das erste Mädchen war mit einem schwedischen Ingenieur verlobt, das andere war eine Medizinerin, die bereits nach einer Arbeitsstelle im Ausland suchte. Wie so viele aus unserem Kollektiv im Gymnasium. Deswegen wurden wir damals *„Windrosen-Jahrgang"* genannt.

Eine Klassenkameradin heiratete in Folge eines Autostopps ins Ausland. Eine andere wurde Fremdenführerin in Wien, die dritte Zahnärztin in Deutschland, die vierte wurde Hungarologin in Bonn, die fünfte Ehefrau in Venezuela, später Gerichtsübersetzerin in Österreich. Dieses Treffen auf dem Fährschiff hat alte Klassentreffen in meinen Gedanken wieder wachgerufen. Mir fielen Erinnerungen ein an unsere Lehrer und an die für die Verstorbenen entzündeten Kerzen in unserem alten Klassenraum in der Cukor-Straße.

Doralina erwartete mich mit ihrem – in schwedischer Sprache geschriebenen – Gedicht. Sie hat es mir blitzschnell übersetzt. Es ging darum, dass eine winzige Pflanze ihren Kopf zwischen den Felsen ausstreckt und herumschaut. Sie musste mitbekommen haben, dass inzwischen aus allen anderen Samen große Bäume geworden waren.

Sie hat zahlreiche Fachartikel gelesen, als sie nach einer Erklärung für ihr eigenes Konzentrationsproblem suchte. Sie hatte Glück, zu diesem Thema wurden gerade in Schweden seit einiger Zeit viele Forschungen angestellt. Deswegen war ich auch nicht überrascht, als ich ihre Aussage hörte. *„Juti, einen großen Teil Deiner Seltsamkeiten nennt man Asperger Syndrom."* Sie nannte mir auf Anhieb zehn bekannte Menschen, die eine Asperger Diagnose entweder aktuell oder auch im Nachhinein bekommen haben. Ohne sie wäre unsere Welt zweifellos bedeutend ärmer.

„Siehst Du, das ist keine wirkliche Krankheit. Schau' einfach nach, es schadet nicht der eigenen Selbsterkenntnis."

Ich habe ihr versprochen, dass ich mit einem renommierten Kinesiologe darüber sprechen werde, aber sie soll mich bitte nicht zu einem Psychologen schicken. So schlimm ist es auch wieder nicht, bei der Arbeit stört es mich auch weniger. Inzwischen packte ich meine Geschenke aus: Tokajer Wein, Augenschminke, Ohrringe, Kieselstein-Bonbons, Kirsch-Rum-Pralinen.

Zu Hause in Ungarn erfuhr ich, dass gemäß den Statistiken nur einige Tausendstel der Menschen von diesem Symptomkomplex betroffen sind. Bei zwanzig Prozent von ihnen können diese Züge nach der Pubertät verschwinden (ich muss doch spüren, dass ich trotz meines Alters immer noch „im Wachstum" bin.)

Die Fähigkeit, sich schwer anzupassen und die eigene Überempfindlichkeit sollten bei mir nur ein privates Problem bleiben. Bei der Firma *Taverna* haben es meine Kollegen akzeptiert, dass ich mehrere lukrative Dinge einfach ablehne. Ich wollte lieber selbstständig und mit weniger Stress arbeiten. So bin ich Hauptmitarbeiterin geworden und habe die Verantwortung ausschließlich für mich selbst getragen.

In meiner lustigen Familie wurde meine Entscheidung folgendermaßen kommentiert: *„Es gibt auch solche Esel, die sich nicht nach einer Leiter sehnen, sondern nach einer Weide."*

Seefahrt ist notwendig
(Navigare necesse est)

Ja, so sagt man das, und ich denke das auch. Etwa 7–8 Jahre vor der sogenannten politischen Wende in Ungarn wurde die Organisierung von Dienstreisen ins Ausland wesentlich einfacher. Alle meiner Papiere waren fertig, sodass ich an den Ungarischen Wochen in Schweden und in Finnland teilnehmen konnte. Die Veranstaltungen wurden auf zwei größeren und zwei kleineren Schiffen mit typisch ungarischen Gerichten und mit Zigeunermusik in der Anwesenheit von MALÉV Hostessen durchgeführt. Im Auftrag des Pannonia Hotelunternehmens war ich zuerst für die Veranstaltung auf dem Schiff *Svea Corona* und danach auf der *Skandia* verantwortlich.

Wir haben außerordentlichen Erfolg gehabt und zwar mit einem Publikum, das alle 24 Stunden wechselte. Sie sind natürlich nicht nur unseretwegen auf das Schiff gekommen. Die zollfreien Spirituosen hatten ebenfalls eine große Anziehungskraft. Es wurde alles getrunken und gekauft. Wir erlebten daher auch nicht ganz überraschend den Anblick von Passagieren, die von Wand zu Wand torkelten oder die in den engen Korridoren mit V-förmigem Aufprallen links und rechts ihre Kabine zu finden versuchten.

Den besten Umsatz generierten die organisierten Gruppen wie z. B. eine große Gruppe, die wegen einer Hundeaustellung, in der Hoffnung auf funkelnden Medaillen unterwegs war und bei uns aus glitzernden Gläsern an der Bar fleißig becherte. Eine weitere wichtige Veranstaltung war ein Treffen von Lappländer Zigeunern, als sie das Schiffsdeck mit ihren knisternden Taftkleidern und mit ihren tanzenden Bewegungen zu einer Bühne verwandelten.

Dem ungarischen Team stand ein gratis Buffet mit frischem Häppchen und alkoholfreiem Bier den ganzen Tag hindurch zur Verfügung. Die Arbeit lief wie am Schnürchen und die Ruhepausen hat niemand mit minütlicher Genauigkeit überprüft. Manchmal lag ich auch in der Sonne auf dem Deck, damit ich mir die seltene Gabe des von mir ansonsten gehassten Novembers gönnen kann. Eines Nachmittags sprach mich der Kapitän im Vorübergehen an: *„Kommen Sie, ich habe gerade zehn Minuten frei."*

Mit großer Freude blickte ich auf die Laserinstrumente, die Rückmeldungen der unter uns liegenden Meerestiefe und hörte zu, was er mir über die Wettervorhersage erzählte. *„In einigen Stunden kommt ein Gewitter auf. Es wäre ratsam, jetzt alle handbemalten Teller von der Restaurantwand herunterzunehmen."* – *„Dann fädeln wir statt dessen unsere Geschenk-Nadelkissen zu einer Girlande auf, damit die Wand nicht so leer und kahl aussieht."* Das hat er sehr geschätzt und eine Angelschnur war auf der Schiffbrücke auch gleich zu finden. *„Sie machen einen schönen Umsatz, herzlichen Glückwunsch!"* Damit hat er sich verabschiedet und fragte mich, ob ich noch irgendwelche Wünsche habe. *„Ja, aber nicht jetzt. Ich möchte hier im Rentenalter Passagier werden. Ich würde mich sogar auf einem noch größeren Schiff wie zu Hause fühlen und mich einfach in einer geistigen Tätigkeit vertiefen. Ein schöner Traum ..."* Da hat er nur gelächelt.

In meinem bereits erwähnten Lebensabschnitt besuchte ich Ökohäuser am Meer in Singapur. Es fiel mir nicht schwer, sein von Wind und Sonne gegerbtes Gesicht und seinen ermutigenden Blick in Erinnerug zu bringen. Damals studierte ich schon einige Grundsätze der Ayurveda und ich achtete darauf, dass ich nur wenige ökologische Fußabdrücke hinterlasse.

Herzen in Finnland

Nach der Veranstaltungsreihe waren beide Schiff-Inventare von uns beendet. Helsinki glänzte nun in einer vorweihnachtlichen Beleuchtung. Nach dem Abschiedsabend gingen die Lampen im Restaurant langsam aus. Wir als Team blieben noch ein wenig zusammen und feierten, dass wir unsere beiden Veranstaltungen so erfolgreich zu Ende geführt hatten. Da fiel mir meine Budapester Arbeitsanweisung wieder ein: Es gehört zu deinen Aufgaben, dass Du Dich um das Wohlbefinden von Anderen kümmerst und sie förderst. Auch von der Speisekarte musst du jedes Gericht zuerst selbst probieren.

Ja, aus diesem Grund arbeiteten wir die ganze Zeit fest zusammen: der Chef und ich, die ungarische Verantwortliche, wobei mir meine Lebensmittelallergie allerdings ständig Unannehmlichkeiten verursachte. Gleich am ersten Tag hatte ich unsere Hostess angesprochen. Sie war bestimmt über meine Frage überrascht, ob sie Fisch und Geflügel mag. Ich teilte ihr mit, dass sie bitte anstelle von mir all diese Gänge vor der Eröffnung des Restaurants täglich probieren soll. Man durfte keine Reste für den nächsten Tag aufbewahren. Manchmal sind aber auch die Fische, die unter uns im Wasser schwammen, nicht so ganz leer ausgegangen. Am Ende waren fast alle Töpfe der ungarischen Gerichte leer, an erster Stelle stand dabei die Suppe nach *Paloczen Art*.

Mein finnischer Lieblingskollege hat sich mir in der Küche so vorgestellt: *„Ich heiße Jorma, mit „J" wie Joga"*. Er hatte über meine Eigenheiten vorher bestimmt schon einiges gehört und war ausgesprochen aufmerksam zu mir.

Von den freien Tagen musste man einige Stunden opfern, wenn man gute Stimmung im Team haben wollte. Man musste einen Musiker zum Zahnarzt begleiten, als Dolmetscherin beim Einkauf von Instrumenten oder Elektroartikel Hilfe leisten oder bei der Beschaffung von Familiengeschenken mitwirken.

Ich habe auf meine Umgebung und auf die Körpersprache meiner Kollegen immer sehr geachtet. Es war mir ein Geschenk von der Finnlandreise, es wurde mir zwar etwas spät gegönnt, aber doch nicht zu spät.

Am Tag des Luciafestes erschien die Lichterkönigin auf den Treppen der Basilika, eine Schönheit im weißen Pelzmantel und mit einem Kerzenkranz. Schulkinder, die rote Gewänder trugen, kreisten um sie wie kleine Wichtel im Märchen. Jorma hielt meine Hand. Er sprach mich nun nicht mehr als Milady an, sondern als „Jutka". Wir haben beide gewusst, das sich hier zwei separate Welten treffen und bis das offizielle Fest der großen Liebe (*Weihnachten*) kommen würde, werden wir wieder voneinander getrennt sein. *„Heute Nacht gehen wir in die Sauna,"* sagte er ohne mich zu fragen, ob ich das möchte. *„Du must Dich schön warm anziehen, mit Mütze und Schal, wir müssen nämlich weit weg."*

Damit hat er nicht einen Bürgersteig oder eine Bushaltestelle gemeint, dass wir laufen oder fahren. Nein, er machte am Ufer ein Boot los und schrieb dem Eigentümer eine kurze Nachricht, die er sorgfältig unter einen Stein schob.

Das machte er sicherlich nicht zum ersten Mal, dachte ich, und merkte überraschend, dass mich das überhaupt nicht störte. In Madrid war ich noch längst nicht so mutig.

Die Eltern von Jorma hatten in der Nachbarschaft von Helsinki auf einer winzigen Insel ein Balkenhaus gebaut. Jorma paddelte unter dem dunklen Himmel auf dem noch dunklen Meer hinaus. Manchmal zündete er sein Feuerzeug an. Als der elektrische Ofen im Häuschen warm wurde, kam etwas Zwieback, geräucherter Käse und Rotwein aus dem Wandschrank zum Vorschein. In der Sauna haben wir einander mit Birkenzweigen sanft abgeschlagen und bei der Morgendämmerung sang ich unter der Dusche das improvisierte ungarische Lied *„Tavaszi szél vizet áraszt ..."* (Frühlingswind lässt Wasser strömen ...). Die Reaktion ließ nicht lange auf sich warten. *„Ist das ein ungarisches Volkslied?"* – *„Ja, so ungefähr..."* – *„Worum geht es in diesem Lied?"* – *„Es geht um Auswählen und um Wege."* – *„So etwas wie im TAO?"* – *„Ja, so ähnlich."*

Am früh Morgen kräuselte sich friedlich das blaue Wasser um unser Boot und kurz vor dem Ufer übernahm ich dann das Ruder. Wie am Balaton, überlegte ich, nur mit dem Unterschied, dass wir dort keine Pelzmütze und Angora-Pullover brauchten. Im Hotel hatte ich noch eine Stunde bis zum Auschecken übrig. So lange wurde fotografiert. Aus unserem Boot wurde eine Dia-Aufnahme, die nun inzwischen schon zur Reliquie geworden ist. Jorma musste Richtung Flughafen fahren, weil auf ihn eine Arbeit weit weg wartete.

Unser geliebter Restaurantmanager konnte sich bis unserer Abfahrt leider nicht mehr zeigen. Das tat der ganzen Truppe beim Frühstück wirklich leid. Ohne ihn gab es trotzdem kein Problem bei den letzten Erledigungen. In der Lokalbahn schaute ich die Gesichter meiner Kollegen an und versuchte zu erraten, woran sie jetzt wohl gerade denken. Der mutmaßlich gemeinsame finnisch-ungarische Ursprung, die Aufregung wegen der Verzollung, die Probleme zu Hause oder vielleicht an den ungarische „Medaillenregen" der Olympiade in Helsinki?

An den Gleisen wurde das Autoverkehrsaufkommen immer größer. Wir haben nicht bemerkt, dass das Auto des Restaurantmanagers nun unserem Zug folgte. Bei der zweiten Station hat er uns schließlich eingeholt. Er konnte noch rechtzeitig parken und eine weitere Haltestelle mit uns zusammen fahren. Er wollte sich von uns allen mit kleinen, einzelnen Geschenken verabschieden, genau wie er es geplant hatte.

Ich bekam ein graviertes weißes Glasherz von ihm mit einem blauen Wassertropfen-Muster in der Mitte. Das hat mein Fenster jahrelang dekoriert. Ich habe mich bei ihm dafür bedankt und ihm gesagt, dass seine Wahl ein Volltreffer war. Ich glaube, er wusste warum. Das nordische Erinnerungsstück zerbrach erst viele Jahre später während einer Wohnungsreinigung, aber damals hatte ich schon keinen festen Job mehr. Die Alltage konnte ich nun schon mit meinem ungarischen Gefährten, den ich im Stillen *Magnetmann*" nannte, glücklich teilen.

Der Magnetmann

Es gibt einen Bereich, der meine zwei Lieben, meinen Vater und meinen Gefährten László, miteinander verbindet und das ist die Bibliothek. Neben den Freuden der digitalen Welt bin ich auch weiterhin eine treue Besucherin von Bibliotheken. Ich habe mehrere Mitgliedschaften: sowohl im eleganten Palast der Hauptstädtischen *Ervin Szabó* Bibliothek als auch im weißen Bauernbarock-Gebäude von *Balatonkenese* und auch in *Velence*, wo es ein wahres Erlebnis ist, in das Landhaus einzutreten, dessen Fenster auf den See hinausgehen.

Nach dem Abitur bekam ich die Möglichkeit, in Vertretung meines Jahrganges Kommentare zu Manuskripten zu schreiben, die kurz vor der Veröffentlichung stehen. Es reizte mich damals auszuprobieren und zu erfahren, ob man mich neben einem vierzig- oder sechzigjährigen Mitarbeiter wirklich ernst nimmt, da wir immer zu Dritt ein Manuskript bekamen. Diese für mich aufregende Erfahrung habe ich meinem Ungarischlehrer zu verdanken. Er hat vermutlich gar nicht gewusst, dass ich als Kind lieber mit einer Mini-Druckerei spielte statt mit Puppen. Ein amerikanischer Briefmarkensammler besorgte mir auf Wunsch von Lajos dieses seltene Geschenk. Mein Vater war daher nicht verwundert, dass ich bei meiner Überlegung zur Berufswahl die Bibliothek erwähnte.

„*Überlege es Dir gut,*" bat er mich aber dennoch. „*Das Buch ist ein guter Freund und die Bibliothek ein guter Zufluchtsort. Wenn Du sie aber als Arbeitsplatz hast, kannst Du dabei auch etwas verlieren. Du solltest Dir vielleicht besser jemanden suchen, der die gleiche Weltauffassung vertritt und der die gleiche Bücher gerne liest wie du.*"

Und genau so jemanden habe ich mir schließlich gewählt. Die Bibliothek hat es mir auf ihre Weise gedankt. An winterlichen, schneebedeckten Abenden, bei dem Licht von kleinen grünen Lampen, unter einem schönen Kronleuchter schienen die Geräusche, zeitraubende Menschen und schlechte Erfahrungen weit von mir entfernt. Von Letzterem gab es genug. Ich liebte durchaus längere Beziehungen mit Rendezvous, aber am Ende musste ich immer wieder Farbe bekennen – vor allem, wenn sie mir etwas empfehlen wollten, was ich nicht brauchte und im Gegenzug wollten sie dann etwas von mir, was für mich wichtig war. Die Männer waren zum Glück nicht beleidigt, da ich darauf immer schon vorsorglich hingewiesen hatte, dass ich „fabrikmäßig mangelhaft" bin. In der Vorhalle der *Ervin Szabó* Bibliothek hat man mir aber an einem Abend einen kleinen Zettel hingeschoben, den ich es erst draußen lesen sollte. Ein Herr mit grauen Haaren und einer Baritonstimme bat mich darum. Hinter seiner Brille erblickte ich seinen pfiffigen Blick. Zuerst dachte ich über ihn, dass er mit etwas sehr Ernsthaftem beschäftigt ist … Wenn man sich verliebt, ist es das Beste – heißt es immer – es kommt unerwartet. Und das geschah auch in unserem Fall.

Einige Jahre später blätterten wir zusammen in meinem Album, das ich über meine Einladung und den Aufenthalt in Israel anlegte. Das war noch aus den Zeiten vor der digitalen Bilderflut. Die Finger meines Gefährten blieben bei einer Nahaufnahme vor der Klagemauer stehen.

„*Da ist es,*" sagte ich. „*Da bist du schon mit drauf.*" – „*Aber ich habe Dich damals noch nicht gekannt…*"

Seine graublauen Augen warteten auf eine Erklärung.

„*Damals habe ich dort meinen gefalteten Wunschzettel in eine Mauerritze gesteckt – und zwar beschrieben mit Deinen Eigenschaften und Deinem Aussehen. Ich wünschte mir einen solchen Mann, der mich anzieht und festhalten kann, so etwas wie ein Magnet.*"

„*Bei einem solch großen Einsatz hättest Du Dir aber eigentlich auch einen Magnaten wünschen können! Bereust Du das nicht?*"

„*Nein.*"

Und dieses „*Nein*" war überzeugend. Damit war nun die Macht der NEINs über mich für immer vorbei.

Ich musste mich nun nur noch der Herausforderung meines physischen Nervensystems stellen. Das umfängliche und selten auftretende *Neurinom* brachte mir inzwischen neue Erfahrungen. Ich bekam aber eine große, herzenserwärmende

Aufmerksamkeit von Ärzten, die meine Krankheit glücklicherweise zum Stillstand brachten. Ihnen habe ich es zu verdanken,
dass ich sowohl die Zeit als auch die Lust bekam dieses Buch
hier zu schreiben. Wenn ich jetzt von meiner Terrasse in Richtung Gartenecke schaue, sehe ich, wie mein Gefährte durch sein
Teleskop in die Ferne blickt. Er studiert jetzt bestimmt wieder
viele Krater auf dem Mond. Dann dreht er das Teleskop langsam weiter und fängt an den ganzen Himmel zu erforschen, der
noch immer so viele Geheimnisse vor uns verbirgt.

Budapest, 31. März 2020

*Die Autorin, in der Vertretung
der Taverna Rt.*

*Laci, mein Gefährte, der Magnet-
mann, der mein Leben so positiv
veränderte.*

*Wie Doralina sagt,
Mutter zu sein
bietet ihr das einzige
kontinuierliche Erlebnis.*

Das Recht des letzten Wortes

In einer größeren Gesellschaft wurde neben mir darüber gesprochen, dass eigentlich jeder ein Buch über sein eigenes Leben schreiben könnte, aber weswegen und für wen …

Ich habe mich in das Gespräch nicht eingeklinkt. Ich dachte darüber nach, wie die Erfahrung eines staunenden Kindes und die eines subjektiven Erwachsenen miteinander verquickt aussehen könnte. Etwas, das keine Lebensgeschichte ist, auch kein Familienroman, viel mehr ein Dialog mit dem Schicksal.

Für wen würde es geschrieben? Für die Unternehmungslustigen und für diejenigen, die loslassen wollen. Für die, die die zwei verschiedene Stressformen voneinander unterscheiden können und versuchen, damit bewusst umzugehen. Für diejenigen, die das Aufgeben vermeiden wollen … Für Grenzüberschreitende, die Ungarn verlassen haben und manchmal ihren Nachkommen davon erzählen.

Die Vorstellungskraft ist eine große Gabe, aber meine Darsteller sind oder waren alle lebensechte Menschen …

Ihre Bilder bewahren wir nicht in Schubladen auf, sondern auf unseren Fotowänden. Auf diese Weise sieht es so aus, als würden sie eine lebendige Menschenkette bilden und jetzt vielleicht nicht mehr nur ausschließlich für mich.

Die Autorin

Judit Cornidesz Kiss wurde 1943 in Budapest geboren. Nach ihrem Hochschul- und Universitätsabschluss war sie bei verschiedenen Großunternehmen auf dem Gebiet der Internationalen Beziehungen tätig oder wie sie es formulierte: Sie wurde zur reisenden Volkswirtin. Sie hat Ungarn während der ausländischen Veranstaltungen gerne vertreten. Ihre Hobbies sind: neue Länder kennenzulernen und fotografieren. Sie interessiert sich zudem für das vielseitige Gebiet der Ayurveda. Vor diesem Buch publizierte sie verschiedene Schriften über Wirtschaftsthemen und mehrere Artikel von ihr wurden im Kinesiologie-Magazin veröffentlicht.